건방진 꼬맹이는 외로움을 잘 타

아라즈키 유우

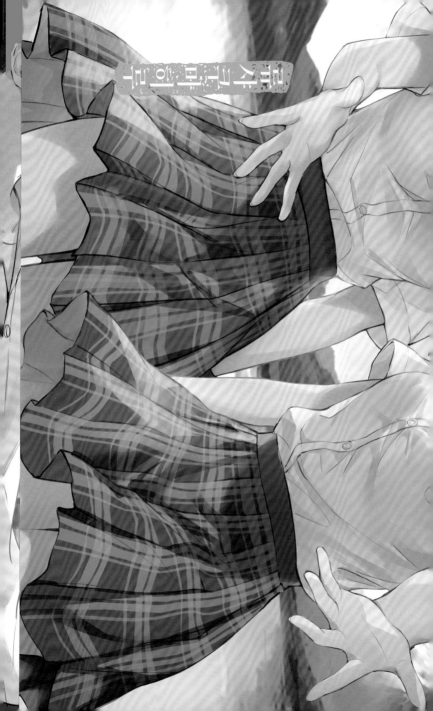

에필로그

나중에 더 좋은 나날이 생겼으면

칸자이 유키
ill.히게네코

10년 만에 재회한 건방진 꼬맹이는

청순 미소녀 여고생으로 성장해 있었다

2

CONTENTS

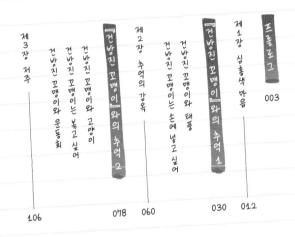

kanzai yuki

ill.higeneko

KUSOGAKI who met again for the first time
in 10 years has grown into an innocent beautiful girl J

1

겐도지 아사카는 눈을 떴다.

아이가 혼자 자기에는 충분하고도 남는 킹사이즈 침대 위. 방도 침대의 크기에 비례하듯이 넓어서 친구인 하루야마 미야와 류샤쿠 마히루는 처음 왔을 때 크게 놀랐다.

"흐아암."

머리맡에 있는 안경을 쓰고 기지개를 쭉 켰다. 여름방학도 벌써 중반. 동쪽으로 난 창문에서 비치는 아침 햇살은 기분 좋았고, 밖을 보니 주변은 이미 밝아져 있었다.

몸단장을 끝내고 방에서 나가니 가정부 할머니가 부르러 오는 참이었다.

"안녕하세요."

"안녕하세요, 아가씨. 아침 준비가 돼 있어요."

"네, 감사합니다."

데면데면한 인사를 끝내고 식당으로 향했다.

가정부들은 모두 살갑지만 그건 일이기 때문이라는 것을 아사카는 어린 나이에도 알고 있었다.

놀아달라고 부탁하면 그들은 부탁에 응해준다. 아사카를 보살피는 것도 그들의 업무에 포함되어 있으니까. 하지만 아사카와 가정부들의 관계는 고용주와 고용인의 영역을 벗어나는 일이 없다. 아사카를 과하기까지 할 정도로 배려하며 이루어지는 놀이는 아이인 아사카도 자신이 배려받고 있다는 것을 알아차릴 정도였다.

그들의 입장에서 자신을 상대하는 것은 그냥 업무.

아사카는 알고 있었다.

"잘 먹겠습니다."

대형 의료기기 메이커 〈겐도지〉의 사장인 아버지와 변호사인 어머니 사이에서 태어난 아사카. 늦둥이기도 해서 사랑을 듬뿍 받으면서 커왔지만 부모님은 모두 한창 일할 나이라서 집에 있는 경우가 적었다.

나이 차이가 많이 나는 언니가 두 명 있지만 한 명은 해외로 이주했고, 다른 한 명은 결혼해서 멀리 살고 있다. 1년에 몇 번 만날까 말까 하는 관계라서 아사카 입장에서는 언니라기보다는 친척 이모 같은 느낌이었다.

친할아버지도 함께 살고 있지만 나이가 상당히 많고 치매도 시작돼서 방에서 그다지 움직이려 하지 않았다. 이 시간에는 아직 일어나지도 않았을 것이다.

"잘 먹었습니다."

홀로 식사를 마치고 방으로 돌아갔다.

시간은 6시 10분. 라디오 체조에 갈 시간이다.

스탬프 카드와 밀짚모자를 쓰고 재빠르게 집에서 뛰쳐나왔다.

"다녀오겠습니다."

"다녀오십시오."

아사카는 자기 집에 있는데도 왠지 쓸쓸했다.

*

"있잖아, 오늘 아사카네 집에 가도 돼?"

미야가 물었다.

"응, 좋아."

라디오 체조를 끝내고 돌아가는 길에 〈문 나이트 테라스〉에 들렀다. 아직 문을 열기 전이지만 특별히 들여보내 줬다.

셋이서 사이좋게 커피우유를 마시면서 모바일 게임을 즐겼다.

미야와 마히루에게 말 그대로 두들겨 맞아 잠에서 깬 아리츠키는 오렌지주스를 마시면서 졸려 했다.

"유우 씨도 와주세요."

아사카가 어리광부리는 목소리로 말하자 아리츠키는 눈을 깜빡였다.

"괜찮은데, 조, 졸려."

"정말요?!"

아사카는 당장이라도 춤을 추고 싶은 기분이었다. 자신의 집에 아리츠키가 와준다면, 집에 있는 시간도 즐거워진다.

"아사카네 집은 굉장하다고"라는 마히루.

"그래?"

"엄청 큰 연못이 있고, 연못에는 다리가 있고, 그리고 후지산도 깨끗하게 보여.”

“텔레비전도 엄청 커. 이만~한걸.”

미야는 양팔을 최대한 펼쳤다.

“전혀 모르겠어.”

“아무튼 가요.”

아사카는 아리츠키의 손을 쥐고 잡아당겼다.

“괜찮은데, 오늘 아사카는 적극적이네.”

“빨리빨리.”

“알았어 알았어. 준비해 올 테니까 좀 기다리고 있어.”

아리츠키는 단장하기 위해 2층으로 올라갔다.

“빨리 해, 유우 오빠.”

“뛰어, 유우 오빠.”

미야와 마히루가 말하는 것을 보고 아사카는 나지막이 중얼거
렸다.

“유우 오…… 유우 씨.”

“무슨 말 했어? 아사카.”

마히루가 뒤돌아봤다.

“아, 아무것도 아니야.”

잠시 후에 아리츠키가 돌아와서 세 사람은 커피우유를 단번에
다 마셔버렸다.

2

"우오오."

〈문 나이트 테라스〉에서 도보로 약 20분.

난 무심코 감탄을 흘렸다.

경사가 있는 약간 높은 산의 중턱에 겐도지 저택이 세워져 있었다. 장소는 마을의 서부.

서양식과 일본식이 혼합된 큰 저택으로 뒤편은 산이다. 경사면에 바깥쪽으로 뻗은 전망 테라스가 있는데, 과연 그곳에서라면 후지산이 잘 보일 것 같았다.

전부터 부자라는 말은 들었는데 확실히 굉장하다. 후지산 기슭에 있는 이 마을을 한눈에 바라볼 수 있는 입지에 이런 대저택이 있을 줄이야.

내 집은 저 근처일까, 라는 생각을 하며 미니어처가 된 거리를 바라보기만 해도 재밌을 것 같다.

"들어오세요."

"시, 실례합니다."

""실례합니다~."

내가 쭈뼛거리면서 발을 들이는 한편, 건방진 꼬맹이 두 마리는 자기 집인 것처럼 들어갔다.

"우와아."

만화나 애니메이션에 나오는 부자의 집에 있는 알 수 없는 항아리나 그림 따위는 역시 안 보였다. 그래도 있는 물건의 질이라고 해야 할까, 슬리퍼 하나에서도 '좋은 물건을 쓰고 있다'는 느낌을 받았다.

"굉장하지."

마히루가 얇은 가슴을 폈다.

"네가 잘난 척해서 어쩌자는 건데."

"어서 오십시오, 아가씨…… 어라, 손님인가요."

갑자기 모퉁이에서 노파가 나타났다.

"이시카와 씨, 제 방에 차를 부탁할게요. 아, 유우 씨는 커피가 좋은가요?"

"음, 뭐, 그렇지."

"그럼, 유우 씨에게는 커피를."

"알겠습니다."

이시카와라 불린 노파는 내 쪽을 살짝 보고 미소를 보이고는 안쪽으로 사라졌다. 혹시 저게 소문으로 듣던 가정부라는 건가.

"이쪽이 제 방이에요."

"우와아아."

넓은 방이다. 10평은 넘을 것이다. 창가에는 킹사이즈 침대가 떡하니 자리 잡고 있었고, 미야가 말했던 것처럼 벽에 놓인 텔레비전도 컸다. 90인치 정도 될까.

너무 춥지도 덥지도 않게 적당히 에어컨이 가동되고 있어 정말 쾌적했다. 마룻바닥에는 체크무늬 러그가 깔려 있었고 그 위에 유리 테이블이 놓여 있었다.

"우와아아아."

이렇게 큰 텔레비전으로 에로 DV…… 비, 비디오 게임을 할 수 있다면.

"맞다, 아사카. 아버지나 어머니는 계셔? 이걸 드리고 싶은데."

어머니가 선물로 가져가라고 양과자 세트를 손에 들려줬다.

그러자 아사카는 어두운 표정을 짓고 말했다.

"아버지는 회사, 어머니는 공판 준비를 하느라 요즘 집에 없어요."

"그, 그렇구나."

이런, 언급해서는 안 될 말을 해버린 것 같다.

부모님은 일이 바빠 좀처럼 볼 수 없는 건가.

"그럼, 다 같이 먹을까."

"괜찮아?"

"아싸~."

애써 밝게 행동하자, 미야와 마히루가 덩실거리고 그 옆에서 아사카가 웃음을 보여줬다.

"후우."

안심했다.

"앉으세요, 아, 유우 씨는 여기."

작은 유리 테이블에 넷이서 둘러앉았다. 아사카는 내 옆에 앉았다. 가정부가 딱 좋은 타이밍에 차를 가져와 줘서 그대로 티타임을 가지게 되었다.

그 후에 커다란 텔레비전으로 영화를 보거나 게임을 하거나 했다.

하는 것은 평소와 다르지 않은데, 아사카는 평소보다 즐거워 보였다.

정오 전이 될 무렵에는 아침부터 놀다가 지쳤는지 건방진 꼬맹이 세 마리는 커다란 침대 위에서 사이좋게 잠들어 있었다.

나도 졸리지만, 아무리 그래도 여자 초등학생의 침대에 누울 수는 없다. 수마를 쫓아내듯이 남은 커피를 다 마셨다.

그건 그렇고 큰 집이다.

창으로 보이는 정원에는 연못이 있었고 마히루의 말대로 작은 다리가 놓여있었다. 작업복을 입은 아저씨가 화단을 손질하는 게 보였다. 정원사일까.

보니까 이 집에는 고용인 어른밖에 없었다.

외톨이인 건 아니지만, 이 넓은 집에 아이가 혼자만 있으면 분명 쓸쓸할 것이다.

"유우 씨."

"응?"

돌아보니 아사카가 일어나 있었다.

"저기……."

아사카는 침대에서 잠들어 있는 둘을 살짝 봤다.

"왜 그래?"

그리고 부끄러운 듯이 얼굴을 붉히고 내 손을 잡았다.

따라오라는 뜻인가?

아사카와 손을 잡고 여기 막 왔을 때 밖에서 보인 테라스로 나왔다.

큰 후지산을 볼 수 있었다.

좋은 경치다.

"저기, 유우 씨."

"왜?"

뭔가 말하고 싶은 듯한 아사카의 머리를 쓰다듬고, 나는 시선을 맞추기 위해 쭈그리고 앉았다. 머뭇머뭇 몸을 꼼지락대면서 아사카는 평소보다 더 작은 목소리로 말했다.

"저기…… 저도, 유우 오빠라고 불러도 될까요?"

아사카는 그렇게 말하고 얼굴을 새빨갛게 물들이면서 고개를 숙였다.

어른인 나는 '뭐야, 그런 얘기였나'라고 생각했지만, 어린 그녀는 용기를 쥐어 짜내 겨우 말했을 것이다.

다시 아사카의 머리를 쓰다듬었다.

"되지. 그보다 마히루는 만난 날부터 그렇게 불렀는데. 아사카는 언제 그렇게 불러줄지 기다리고 있었다고."

아사카의 얼굴이 확 밝아졌다.

"에헤헤, 유우 오빠."

안겨 온 아사카를 그대로 안아서 일어섰다. 따뜻한 바람을 타고 정오를 알리는 종이 울려 퍼졌다.

1

사립 히유리여학원고등학교.

카나가와현 서부에 위치한 전원 기숙사제 사립 여고다. 전국 각지에서 대기업이나 명가의 아가씨가 모이는 이른바 명문 아가씨 학교이며, 히유리여대의 부속 고등학교이기도 하다.

이곳에선 공부는 물론이고 상류 계급 숙녀로서의 교양——태도, 몸가짐, 말씨 등을 엄격한 지도를 통해 교육받는다.

기숙사의 규모는 고급 호텔에 비해 나으면 낫지 못하지 않으며 한 사람 한 사람에게 개인실이 주어지는 한편, 담화실, 스파, 카페테리아, 시어터 룸 등등, 휴게 시설과 설비도 충실하다. 전국에서 모인 미소녀 아가씨들이 화기애애하게 지내는 금남의 소녀의 화원—— 같은 것은 물론 환상이다.

아가씨라고 해도 적당히 나이가 찬 여자아이.

억압당하면 그만큼 바라게 되는 것이 인간의 본성이다.

라운지 스페이스에 모인 학생들. 남자 부족이 일상이 된 그녀들의 화제에 오르는 것은 당연히······.

"아~, 남친 있으면 좋겠다~."

"내 말이."

"올해 여름엔 꼭."

"그리고 보니 쿠죠 씨, 내일 토요일인데, kaiser의 악수회에

가죠?"

히무라 씨가 웨이브 진 긴 황갈색 머리카락을 매만지면서 말했다.

"네. 50장을 샀으니까 하이파이브와 허그도 하고 올 거예요."

kaiser는 현재 한창 인기 상승 중인 젊은 남자 성우 유닛이다.

"좋겠다, 살아있는 남자랑 접할 수 있다니. 성우 같은 건 관심 없지만, 살아있는 남자의 탄탄한 몸을 만질 수 있다면 나도 CD 살까."

"어머나, 텐류지 씨는 애니메이션을 안 봤던가요?"라고 말하는 쿠죠 씨.

"애니메이션은 보지만 성우에는 관심 없어. 난 2차원 전문이니까."

"모순되지 않나요?"

"그건 그거고, 이건 이거야. 2차원이 좋아도 살아있는 남자를 만질 수 있다면 만지겠지만."

"네……."

교사부터 일반 직원까지 여성만으로 운영되고 있는 이곳 히유리여학원.

남녀 간의 교제는 교칙으로 금지되어 있지 않지만, 애초부터 주위에 이성이 존재하지 않는 생활 환경이기에 학생들은 다양한 수단으로 남자와의 접촉을 꾀했다.

이곳은 학교 교육의 범위에서만 엄격하지 사생활은 그다지 구속하지 않는다. 외출 신고서만 내면 휴일의 행동은 기본적으로 자유다.

"아 참, 경음부가 카이엔고등학교의 남자 경음부와 합동 공연을 한다는 소문 들었어요?"

갑자기 쿠죠 씨가 목소리를 죽이며 말했다.

"처음 들어. 자세히 얘기해줘."

2차원 전문일 터인 텐류지 씨의 눈빛이 날카로워졌다.

"같이 세션을 하고 그 후에 밤의 세션도 할 속셈이구나."

소문에 대한 자세한 내용을 들을수록 히무라 씨의 표정도 험악해졌다.

"불순 이성 교제가 되기 전에 선도부원에게 일러줄까요."

단순히 다른 학생이 앞질러 가는 것을 아니꼽게 여길 뿐이라는 느낌이 드는데.

"그러고 보니, 어제 왔던 업자분이 엄청 잘생겼었죠. 그쵸? 겐도지 씨?"

"……그렇네요, 히무라 씨."

질문을 받아서 겐도지 아사카—— 나는 어색한 웃음을 지었다.

"아, 이제 시작해요."

쿠죠 씨가 텔레비전의 전원을 켰다. 잠시 후 여성향 남자 아이돌 애니메이션이 시작됐다.

"꺄~."

"꺄~."

"꺄~."

2차원 세계의 미남들이 화면을 수놓았다. 세 친구의 환성에

개의치 않고 나는 한숨을 쉬었다. 그 후, 애니메이션을 다 감상한 우리는 해산해서 각자의 방으로 돌아갔다.

창가의 의자에 앉아 밤하늘을 바라보니 아름다운 달이 떠 있었다.

"......."

채워지지 않는다.

무엇을 해도 한 걸음 물러선 곳에 자신이 있었다.

마치 관객으로서 무대를 보고 있는 듯한 느낌.

애니메이션을 감상하거나 학교 친구들과 신나게 잡담하는 것은 확실히 즐겁다. 하지만 그 즐거움은 마음이 채워질 정도가 아니다.

일상을 진심으로 즐겁다고 느낄 수가 없다.

타성으로 살고 있을 뿐이다.

그저 죽지 않으니 살아있을 뿐.

난 뭐가 재밌어서 살아있는 걸까.

침대 옆에 있는 액자에 시선을 옮겼다.

날 포함한 세 소녀와 그 뒤에 선 그 사람. 색이 바랜 사진이지만, 당시의 추억은 선명하게 떠올릴 수 있다.

그때는 즐거웠다.

1년도 안 되는 기간이었지만, 그 사람—— 유우 오빠와 보낸 일상은 내 보물이다.

매일이 두근거림과 설렘의 연속이라 정말 즐거운 시간이었다.

미야에게서 10년 만에 유우 오빠가 돌아왔다는 연락을 받은

지 슬슬 세 달이 지나려 하고 있다. 나도 모르게 웃음이 터질 것 같은 엉뚱한 내기를 했다고 하던데, 그것도 무사히 끝났다는 이야기를 들어서 안심했다.

유우 오빠를 생각하면 가슴 안쪽이 따뜻해짐과 동시에 꾹 조인다.

시즈오카로 돌아가면 유우 오빠가 있다.

만나고 싶고 또 만나고 싶었던 그 사람이 겨우 편도 한 시간 정도 거리 끝에……

그 사실은 내 마음을 한층 더 **옥죄었다.**

다음 날 아침, 토요일.

"아, 겐도지 씨, 눈이 새빨간데?"

식당에서 맞은편에 앉은 텐류지 씨가 걱정스럽게 말했다.

"그런가요?"

"수면 부족?"

"……그런 거예요."

"쿠죠 씨도 아까 잠이 덜 깬 눈으로 나갔어."

"아아, 성우 이벤트였죠."

"나도 오랜만에 친구한테서 만나자는 연락이 와서 하룻밤 자고 올 거야. 겐도지 씨는 주말 일정 있어?"

한순간 생각했다가, 이렇게 말했다.

"……아무것도 없어요. 방에서 느긋하게 있을 거예요."

2

오후 5시 전, 〈문 나이트 테라스〉.

"자, 밀크티."

"고마워."

"아, 어서 오세요~."

유우 오빠는 밀크티를 놓고 손님을 맞이하러 갔다.

"하아."

난 한숨을 쉬었다.

약 두 달 반에 걸친 이름 맞히기 게임도 무사히 끝나 겨우 유우 오빠가 내 정체를 깨닫게 하는 데 성공했지만, 설마 이제 와서 새로운 문제가 앞을 가로막을 줄은……

"어~이, 유우 오빠."

말을 걸었지만 다른 손님의 잡담과 벽에 걸린 텔레비전의 지역 뉴스 소리, 그리고 작게 흐르는 가게의 BGM에 묻혀 좀처럼 눈치채지 못했다.

"하아."

난 멍하니 텔레비전 화면으로 눈을 돌렸다. 여자 배구 특집인 것 같았다.

'──와 쿠마모토 엠프레스의 합동 연습에 잠입했습니다. 엠프레스의 하나야마 코하루 선수는 놀랍게도 고등학교 시절에 후지노미야 키타──'

난 텔레비전을 대충 보면서 생각했다.

어릴 때 같았으면 주위 사람의 눈도 신경 쓰지 않고 큰 소리를 내거나 유우 오빠에게 안기거나 했겠지만, 고등학생이 된 현

재의 내가 사람들 앞에서 그런 짓을 하면 그냥 위험한 녀석이
된다.

유우 오빠가 이쪽 테이블 옆에 온 참에 한 번 더 말을 걸었다.

"이, 있잖아, 유우 오빠."

"뭐야, 한 잔 더 줄까?"

"아니, 이거 마시고 방에 올라가도 돼?"

"괜찮아."

"유우 오빠는 언제 휴식이야?"

"아직 좀 바빠서. 엄마가 휴식 끝나고 돌아오면 교대할 생각
인데."

"그렇구나."

"나중에 얘기하자."

그렇게 말하고 유우 오빠는 다시 새로 들어온 손님을 상대했다.
오늘은 유난히 붐비네.

나는 바쁘게 일하는 유우 오빠를 바라보면서 밀크티를 다 마
시고 2층으로 올라갔다.

"하아, 어떡하면 좋을까."

난 고민하고 있었다.

아니, 고민이라 할 정도로 심각한 일이 아닐지도 모르지만,
쉽게 해결할 수 있는 문제도 아니다. 그도 그렇게 유우 오빠를
어릴 때와 똑같이 대할 수 없기 때문이다.

지금 난 어릴 때보다 성격이 얌전해졌다. 이게 재난의 씨앗이
됐다.

생각해보면 어릴 때의 나는 감정과 그 자리의 분위기로 행동했고, 유우 오빠를 상대할 때도 전혀 거리낌이 없었다.

무턱대고 몸 전체로 밀착하는 스킨십을 하거나, 유우 오빠의 사정은 전혀 생각하지 않는 어리광을 부리거나, 가끔은 마구 폐를 끼치는 등 그야말로 하고 싶은 대로 했다.

그건 아이이기 때문에 용서되는 행동이며, 당시에는 스스로도 그걸 부자연스럽게 생각한 적이 없었다.

그도 그렇다. 당시에는 어른과 아이의 관계였으니까.

하지만 10년이라는 시간이 지나 정신적으로 성숙한 지금의 내가 그때와 같은 짓을 할 수 있을 리가 없다.

어른과 아이의 관계는 이미 끝났다.

지금은 한 사람의 남자와 한 사람의 여자.

유우 오빠가 귀성한 후부터 현재까지는 '정체불명의 미소녀'로서 대해왔는데, 막상 있는 그대로의 하루야마 미야로서 커뮤니케이션을 취하게 되니 어떡하면 좋을지 알 수 없었다.

마히루는 10년 전과 거의 변함없이 대하고 있는 것처럼 보이지만, 마히루는 마히루대로 넘어서는 안 되는 선을 잘 이해하고 있…… 있겠지?

그 자유분방함이 부럽다.

딱 붙어서 응석 부리고 싶지만 어릴 때처럼은 할 수 없고 왠지 부끄럽다.

뭔가 고민하고 있을 때는 책을 읽는 게 좋다. 마음이 안정되고, 머리가 적당히 돌아가서 해결책이 번뜩이는 경우도 있다.

난 침대에 앉아 추리소설을 읽기 시작했다.

유우 오빠의 방은 역시 마음이 안정되는구나.

오후 6시를 넘겼을 때 방의 주인이 얼굴을 슬쩍 비쳤다.

"겨우 휴식이야."

"아, 어서 와."

지친 얼굴을 한 유우 오빠는 2인분의 아이스커피를 들고 방에 들어왔다.

"자."

"고마워, 힘들어 보이네."

"오늘은 유난히 손님이 많아."

"좋은 일이잖아."

"그렇지."

유우 오빠는 내 옆에 아무렇게나 앉았다. 내가 미묘한 거리감 때문에 고민하고 있는데 이 사람은 전혀 신경 안 쓰는 것 같다.

"……."

"……."

"……."

"……."

으으~, 대화가 안 이어져~.

난 어릴 때 어떤 식으로 유우 오빠랑 얘기했었지. 그보다 무슨 이야기를 하면 좋은지를 모르겠어. 낯을 가리고 다른 사람과 이야기하는 것 자체가 서투른 내 커뮤니케이션 능력이 여기서 발목을 잡을 줄이야. 어릴 때는 그렇지 않았을 텐데, 대체 언제부터 이렇게 소극적인 성격으로 변해버린 걸까.

머리를 풀가동시켜 대화의 실마리를 찾았다.

"유, 유우 오빠, 오늘 날씨 좋네."

"……응? 그렇네. ──아니, 갑자기 뭐야."

"오늘은 후지산이 깔끔하게 보였지."

"맑은 날엔 항상 잘 보이잖아."

"끄으응."

아 정말, 왜 말허리를 자르는 거야!

사람이 모처럼──

"그러고 보니 뭐 읽고 있었어?"

"흐엣?"

심장의 고동이 빨라졌다.

유우 오빠가 내 쪽으로 얼굴을 쑥 내밀었다. 가슴 바로 앞에, 유우 오빠의 얼굴이……

"추, 추리소설인데."

"호오, '아리스가와 아리스'인가. 뭐야, 너도 미스터리 읽냐…… 아니, 책을 읽어?!"

유우 오빠는 알기 쉽게 놀란 표정을 지어 보였다.

실례잖아!

"부활동은 미스터리 연구회, 미스연이고 독서도 좋아하는걸. 유우 오빠가 도쿄에 간 뒤부터 이 방에 있는 추리소설을 읽기 시작했다가 빠졌어."

내가 미스터리 마니아가 된 경위를 설명하자 유우 오빠는 밝은 표정을 지었다.

"그렇구나 그렇구나, 옛날엔 책 하면 만화밖에 없던 네가 말이지."

그렇게 말하면서 내 등을 통통 두드렸다.

"햣."

등의 손에 닿은 부분이 뜨겁다.

왠지 긴장돼서 땀나기 시작했어.

이 사람 안에서는 난 아직 건방진 꼬맹이인 그대로인 걸까.

"근데 작가 아리스랑 학생 아리스 둘 중에 어느 쪽이 좋아?"

"……음~, 학생 아리스 아닐까? 논리를 차근차근 쌓아나가고 클로즈드 서클을 만드는 방식이 교묘하니까."

"맞아."

"개인적으로는 학생 아리스를 드라마화 해주길 바랐을지도."

"어, 드라마화 했어? 언제?"

"꽤 오래전이야. 유우 오빠, 몰랐어?"

"아니──, 도쿄에 있을 때는 텔레비전 같은 걸 볼 새도 없어서 말이야."

"에에……."

이 사람은 어떤 환경에서 일했던 걸까.

"역시 본격이지. 본격 미스터리는 말이야, 분위기가 좋다고."

"저택물이라던가?"

"그래 맞아. 수상한 저택에 운 없는 미소녀 조합은 최고야. 서술 트릭은 어떻게 생각해?"

"결말로는 괜찮지만~, 그래도 '이건 서술 트릭을 쓴 책입니다' 라고 띠지로 암시하는 걸 보면 읽을 마음이 사라지지. '반전'이 라던가, '당신은 반드시 속는다'라던가."

"확실히 서술 트릭물이라는 걸 알고 읽는 서술 트릭물만큼 재미없는 건 없지."

"어디까지나 허를 찌르는 역할이어야 한다고."

"그럼 범인 입장에서 시작하는 서술법은——"

어라?

방금까지의 걱정이 거짓말인 것처럼 쉽게 이야기하고 있는 스스로에게 놀랐다. 이 사람 옆에 있으면 불안 자체가 뜨거운 물에 던져진 얼음처럼 사라져 버려.

마음이 편안해짐과 동시에 고양되기도 했다.

이상한 느낌이다.

"음~, 너랑 미스터리 이야기를 할 수 있는 날이 오다니, 생각도 못 했어. 그렇다기보다는 미스터리 이야기를 할 수 있는 녀석이 가까이에 없었으니까 신선해."

그렇게 말하고 유우 오빠는 웃음 지었다.

"그렇구나…… 헤헤."

그 웃는 얼굴을 보고 지금 난 특등석에 있다는 걸 깨달았다.

옛날과 똑같이 할 수는 없지만, 당신과 함께 있는 시간의 아늑함은 옛날 그대로니까.

3

쏴아쏴아 하고 끊임없이 계속 울리는 빗소리.

"슬슬 장마네."

우울한 듯이 창밖을 바라보면서 어머니가 말했다.

하늘을 무겁게 뒤덮은 회색 하늘. 쏟아지는 무수한 빗방울이 아스팔트를 때렸다.

아침부터 부슬부슬 내렸는데, 오후 무렵부턴 빗발이 점점 세지기 시작했다. 그렇지만 손님이 줄지는 않아 〈문 나이트 테라스〉의 영업에는 그다지 영향이 없다.

일에 영향이 없는 건 고맙지만, 비가 오면 외출이 귀찮아지는 게 괴롭다.

차라도 있으면 나을지도 모르지만 난 자가용이 없다. 도쿄에서 일할 때는 회사 차를 운전했고, 그 외에는 기본적으로 도보나 전철이었다. 애초에 휴일에 차를 타고 외출할 여유 같은 게 없었다. 평일의 수면 부채를 해소하기 위해 휴일에는 기본적으로 아침부터 밤까지 자면서 보냈기 때문이다.

하지만 나도 30대가 가깝다. 차 정도는 가지고 있는 편이 좋을 것이다. 특히 지방에서는 차가 없으면 불편함을 느끼는 경우가 많다.

그럭저럭 저금도 해뒀으니 큰맘 먹고 차를 사볼까. 아버지가 차를 좋아하니 다음에 물어보자. 그런 생각을 하면서 오늘도 착실하게 일했다.

7시를 넘어서 부활동을 끝내고 돌아온 마히루가 찾아와서 방에 들었다. 항상 입는 운동복 차림이었지만 비 때문에 머리카락과 옷이 조금 젖어있었다. 지한제와 마히루의 냄새와 땀 냄새가 살짝 섞여 멍해지는 좋은 냄새로── 아니, 난 변태인가.

"왜 그래, 유우 오빠."

"아니야."

젖은 머리카락은 뭐랄까, 가슴에 와닿는 감성이 있다. 마히루에게서 색기를 느끼는 건 부아가 치밀지만.

"호, 혹시 땀 냄새 나? 미안, 요즘 후덥지근해져서."

마히루는 당황한 기색으로 한 걸음 물러났다.

"아냐 아냐, 그렇지 않아."

빗소리가 조금 멀어졌다.

테이블을 앞에 두고 나란히 앉았다.

"그러고 보니, 이제 곧 미야의 생일이네."

마히루가 말했다. 미야의 생일은 6월 25일. 이제 2주 정도 남았다.

"그렇네~, 얼마 전에는 하트 모양 머리핀을 선물했었나."

"10년 전을 얼마 전이라고 하다니, 대담하네. 그래도 뭐, 생일 전에 알아서 다행이야."

"뭐가?"

"뭐냐니, 미야의 정체 말이야. 유우 오빠가 미야의 정체를 못 알아차린 채로 생일을 맞이하는 건 아무래도 너무 불쌍하니까."

"윽…… 확실히 알아차린 건 우연의 덕도 있었으니, 충분히 있을 수 있는 미래였네."

"만약 그렇게 됐으면 내가 폭로했을 거야."

다시 생각해보면 미야는 생일이라는 힌트도 제시했다. 원래는 그 시점에 알아챘어야 했는데. 그게 제일 노골적인 힌트였는데.

"뭘 선물할까. 마히루는 정했어?"

마히루는 왼쪽 손목의 리스트밴드를 만지면서 말했다.

"나도 아직 안 정했는데…… 작년에는 옷을 선물했던가."

적당히 나이가 있는 여자아이에게는 어떤 선물을 주면 좋을까. 여자 친구가 있었던 적이 전혀 없어서 그런 쪽의 지식이 별로 없다.

뭐, 아직 2주 남았다. 천천히 생각하면 된다.

"그건 그렇고 이 방 덥지 않아?"

마히루는 운동복의 지퍼를 열고 손으로 팔랑팔랑 부채질했다.

"문을 꼭 닫아놨으니까."

10년이 지나도 내 방에는 에어컨이 없다. 게다가 비가 와서 창문을 꼭 닫고 있고 장마철의 습도가 합쳐져 실내는 가벼운 사우나 상태였다.

마히루는 창문을 살짝 열었다.

"이제 그치지 않았을까…… 아~, 아직 조금 내리고 있네."

"일기예보에서는 내일 새벽까지 계속 내린—— 야, 야 마히루."

뒤돌아본 마히루를 보고 난 말문이 막혔다.

"응?"

운동복 아래에 있는 하얀 연습복. 거기에 비치는 것은 마히루의 폭력적인 가슴을 받치는 초록색 천이었다.

"너, 너……."

속옷이 땀에 비쳐 보이고 있었다. 마히루의 그게 너무 큰 건지, 아니면 젖어서인지 레이스의 형태까지 알 수 있을 정도로 확실하게 비쳐 보였다. 연녹색의 커다란 두 개의 동그라미. 그것은 그야말로 멜론 같은……

"빨리 가려!"

난 무슨 생각을 하는 거냐.

마히루를 보고 두근거려서 어쩌자는 거냐.

이 녀석은 마히루, 이 녀석은 마히루, 이 녀석은 마히루……

눈을 돌렸는데 두 언덕의 잔상이 눈꺼풀에 선명하게 새겨져 버렸다.

"어? 앗!"

마히루도 알아차린 모양이다.

"정말, 변태."

싸늘한 눈으로 날 보는 마히루.

"미, 미안."

이번만큼은 난 아무것도 안 했지만, 일단 사과했다.

"정말이지."

마히루는 아무 일도 없었다는 듯이 원래 위치에 앉았다. 하얀 연습복을 잡고 펄럭이며 안에 공기를 보냈다.

"……."

"……."

"아니, 지퍼 올리라고!"

"허?"

4

비는 좋아한다. 특히 오늘처럼 양동이를 뒤집은 듯이 많이 오는 비는. 잘 준비를 마친 나는 안경을 머리맡에 두고 침대에 누웠다.

"하아."

이렇게 이불에 파고들어 세찬 빗소리에 귀를 기울이면 그날 밤을 더욱 선명하게 떠올릴 수 있어서 좋다.

둘이 서로 껴안고 잠든 태풍이 불던 날 밤. 커다란 그 사람의 손이 날 감싸줬다.

내 수많은 추억 중에서 가장 반짝이는 것 중 하나가 그 **태풍**이 불던 날 밤의 추억이다.

같이 목욕을 하고, 같이 밥을 먹고, 졸릴 때까지 놀고, 그리고──.

그때 그 사람의 온기를 떠올리면서 나는 눈을 감았다.

"유우 오빠."

건방진 꼬맹이와 태풍

1

"미야, 해머 나왔으니까 주워. 아사카는 못 가게 붙잡아, 유우 오빠는 이제 한 기밖에 없어. 날려버려."

"그래."

"네."

건방진 꼬맹이들이 결탁해서 날 몰아넣었다.

"잠깐만, 이놈들아. 젠장. 아, 아아~."

90인치의 큰 화면 속에서 내 캐릭터가 저편으로 날아갔다.

"핫핫하~~, 또 유우 오빠가 꼴찌야."

컨트롤러를 높이 들며 미야가 외쳤다.

"유우 오빠는 진짜 약해빠졌네."

마히루가 체념한 듯이 말했다.

"유우 오빠, 과자 먹을래요?"

아사카가 포○를 내밀었다.

오늘은 아사카의 집에서 놀고 있다. 여전히 이 넓은 집 안에는 아사카와 가정부뿐이다. 부모님은 두 분 다 일하느라 며칠이나 돌아오지 않았다고 한다.

"젠장. 이 자식들, 나만 노리고 있어. 무슨 팀워크냐고. 잘 들어라, 이 게임은 1 대 3이 아니라 배틀 로얄이거든?"

"그런 걸 패배자의 변명이라고 하거든?"

마히루는 건방진 웃음을 지으면서 날 올려다봤다. 이 썩을 꼬맹이, 지금 바로 내 무릎 위에서 밀어서 떨어뜨려 줄까.

"이제 화났어, 제대로 할 때 고르는 색으로 해주지."

"캐릭터 색 바꾼다고 뭐가 달라지는 건데"라는 미야.

"제대로 할 때는 빨간색으로 한다고. 알겠냐, 너흰 날 화나게 했다. 초등학교 1학년 때부터 해온 내 진짜 실력을 잘 봐라."

초등학생 시절에는 친구들 사이에서 '붉은 여우 유우'라 불리며 두려움을 살 정도였다. 건방진 꼬맹이들에게 어른의 힘을 가르쳐주지.

"어라, 비가 오기 시작했어."

미야가 창문으로 달려들었다.

비가 지붕을 때리는 소리가 들리기 시작했다. 그러고 보니 아까 전부터 바람도 불기 시작했다.

"아~, 너희 몰랐냐? 오늘은 밤부터 태풍이래."

"태풍?"

"자, 마히루 내려와."

"엥~, 싫어."

"나 참."

"이거 놔~, 변태~."

마히루를 안고 일어나 창문으로 다가갔다. 바깥의 모습을 살펴보니, 정원에 가는 비가 내리고 있었다. 휘이잉 하고 바람이

불며 하늘이 꿈틀거리는 소리가 났다. 정원의 나무와 심어놓은 식물이 바람에 흔들리고 연못의 수면에는 물결이 일었다.

"바람은 강하지만 아직 그렇게 많이 안 내리네. 아사카, 잠깐 뉴스 틀어줘."

"네~."

화면이 저녁에 하는 지역 뉴스로 전환되었다. 마침 태풍 정보를 보도하는 중이었다.

"오늘 밤 일본 열도에 상륙하 는 태풍 **호는── 예상되는 진로는──"

큰 화면 속에서 아나운서가 태풍 정보를 낭독하고 있었다. 토카이 지방은 직격을 당하는 것 같고 피크는 오늘, 금요일 밤이며 토요일 아침에는 칸토 방면으로 빠져나간다는 모양이다.

"태풍~."

미야가 빙글빙글 돌았다.

"……오늘은 이만 태풍이 심하지 않을 때 집에 가자."

"에~, 아직 4시 반인데."

마히루가 팔 안에서 날뛰었다.

"아직이 아니라고. 벌써 4시 반이야. 원래 오늘은 태풍이 오니까 빨리 갈 생각이었어."

"그래서 갈 때 우산 들고 가라고 한 건가."

"벌써 집에 가는 거예요?"

아사카가 내 셔츠를 잡았다.

"이쩔 수 없잖아. 빗발이 세져서 집에 못 가게 되기 전에 나가

야지. 자, 미야, 마히루, 정리하고 준비해."

"예~이."

"호~이."

이러니저러니 하는 사이에 빗발은 계속해서 굵어졌다. 아사카의 집에서 나올 쯤에는 본격적으로 비가 내렸다.

"안녕, 아사카. 바이바이~."

"내일 보자, 바이바이~."

"바이바이~."

"그래, 또 보자."

아사카의 머리를 쓰다듬고 밖으로 나왔다.

"자 그럼──."

이제 이 건방진 꼬맹이 두 마리를 집에 데려다주기만 하면 된다.

"비~, 비~."

"굉장해, 홍수다."

"아, 야 마히루. 위험하니까 다리 아래 들여다보지 마. 떨어지면 죽는다."

깜짝 놀라 마히루를 끌어당겨 안았다.

"홍수다!"

강의 수위가 올라가 탁해져 있다. 이런 곳에 아이가 빠지면 순식간에 떠내려가 버릴 것이다.

"이거 봐 이거 봐~, 바람 타고 날 수 있을 것 같아~."

바람을 받아 미야의 우산이 크게 흔들렸다. 나도 모르게 등줄기가 오싹해졌다.

"아차차."

"바, 바보야. 미야, 비틀거리지 마."

잠시도 눈을 뗄 수 없다.

이 녀석들, 위기감이라는 게 너무 부족해.

내가 어렸을 때는 좀 더 야무졌다고.

"잘 들어, 절대로 내 손을 놓지 마."

오른손으로는 미야, 왼손으로는 마히루와 손을 잡고 내 우산은 목으로 받쳤다. 심하게 걷기 힘들지만, 이러고 있으면 이 녀석들이 멋대로 행동할 일도 없을 것이다.

"그냥 비인데 유우 오빠는 겁쟁이네."

"마히루, 유우 오빠는 옛날에 강에 빠진 적이 있대."

"그 얘긴 뭐야. 처음 듣는데."

"시끄러, 자, 빨리 가자."

그렇게 평소보다 더 신경을 쓰면서 미야와 마히루를 데려다주고 난 무사히 귀가했다.

그렇게 생각했다.

"없어, 없다고."

집에 돌아오고 나서 스마트폰이 없다는 것을 알아차렸다.

서, 설마, 이 빗속에서 떨어뜨린 건가……?

아니, 침착해라. 아사카의 집에 두고 왔을 뿐일지도 모른다.

그래, 그러고 보니 그 녀석들이 스마트폰으로 게임을 하고 싶다고 졸랐었지. 그래서 스마트폰을 빌려줬고, 그리고 질려서 밖에서 놀았는데 그것도 질려서 비디오 게임을 하고……

기억의 실마리를 더듬었다.

그래 그래, 아사카의 집에 있을 것이다.

혹시 모르니 집에서 내 스마트폰 번호로 전화를 걸어봤다. 두 근거리면서 기다리고 있으니 통화 상태가 되었다. 누군가가 받은 것이다.

"여보세요?"

"네."

들려온 것은 아사카의 목소리였다.

"오, 아사카인가?"

"유우 오빠? 후후, 스마트폰 잊어버렸어요."

"다행이다, 그거 내 거 맞지?"

"네."

난 창문 바깥을 봤다.

이미 비가 꽤 내리고 있지만 금방 돌아오면 괜찮겠지.

"지금 가지러 갈게."

"네? 지금요? 괜찮나요?"

"괜찮아, 괜찮아. 기다려줘."

그렇게 난 집을 뛰쳐나갔다.

＊

역시 나오지 말 걸 그랬다.

비는 분 단위로 강해져서 아사카의 집 근처까지 왔을 쯤에는 억수같이 쏟아졌다. 좌우로 바람이 몰아쳐서 우산은 제 역할을 못 했다. 마히루와 본 강도 방금까지의 상태가 귀엽게 보일 정도로 거칠어져 있었다.

아사카의 집은 약간 높은 땅의 중턱에 있어서 오르막길이 계속해서 이어진다.

경사가 그럭저럭 있어서 물이 끊임없이 위에서 흘러내려 오기 때문에, 넘어지면 그대로 아래까지 떠내려갈 것만 같았다.

꼭 천연 워터 슬라이드다.

"우, 오오."

여기까지 오면 더는 돌아갈 수 없다.

난 평소의 배 이상의 시간을 들여 아사카의 집에 다다랐다.

"하아, 하아."

겨우 도착했네.

"유우 오빠, 괜찮아요?"

아사카가 마중을 나와줬다.

"흠뻑 젖었다구요?"

"괘, 괜찮아."

"여기, 스마트폰이에요."

"오오, 고마워. 그럼, 한 번 더 힘내서—— 우오오오."

문 너머는 다른 세상이었다.

바람의 세기는 겨우 서있을 수 있을 정도로 강했고 비는 양동이를 뒤집은 것처럼 퍼부었다. 해도 져서 몇 미터 앞조차 제대로 인식할 수 없었다.

나, 나는 이 속을 걸어온 건가.

"유우 오빠, 이런 비바람 속에서 돌아가는 건가요? 위험해요."

아사카는 불안한 듯이 표정을 굳혔다.

"으, 응. 하지만 어쩔 수 없어."

아사카에게 스마트폰을 맡겨두고 내일 가지러 올 걸 그랬다며, 이제 와서 반성했다.

부모님께 차로 데리러 와달라고 하는 수밖에…… 아니, 이 폭풍우 속을 달릴 수 있을까.

역시 걸어서 돌아갈까?

비와 바람 소리에 섞여서 무선방송의 무기질적인 목소리가 들려왔다.

'——후지노미야 경찰서에서 행방불명된 분에 대해 알려드립니다——.'

"윽."

행방불명자도 나왔나.

발치에서 공포가 일어났다.

하지만 돌아간다는 선택지 외에는 없는데.

그때였다.

'그렇지'라며 아사카가 힘차게 말했다.

"왜, 왜 그래?"

"내일은 쉬는 날이니까 우리 집에서 자고 가면 되잖아요."

"어?"

2

"네, 괜찮아요. 저희 집은 괜찮아요. 아뇨 아뇨. 네, 알겠습니다."

내 스마트폰으로 통화하는 아사카. 상대는 내 어머니다.

이미 어머니께 호되게 혼나 의기소침해진 나는 현관 구석에서 움츠러들어 있었다. 상황이 상황인 만큼 겐도지가에서 하룻밤 묵는 것에 대해서는 허가가 나왔지만, 경솔한 행동이었다며 깊이 반성했다.

자칫 잘못하면 목숨이 위험했을지도 모르는데.

미야와 마히루 앞에서 잘난 척했지만 나도 똑같았다.

이 얼마나 한심한가.

"네, 유우 오빠. 바꿔 달래요."

"어, 어어."

"유우?"

위협적인 어머니의 목소리가 들렸다. 이건 꽤나 화났을 때의 목소리다.

"네."

"겐도지 씨한테는 내가 다시 고맙다고 말해둘 테니까 오늘은 신세 지렴."

"네."

"야단칠 건 아까 전부 야단쳤으니까 감기 안 걸리게 해. 아, 그리고——"

어머니는 한 호흡 쉬고 말했다.

"너한테 무슨 일이 생기면 나나 아빠뿐만 아니라 미야랑 다른 애들도 슬퍼하는 거 알지?"

"……네."

통화를 끝냈다.

"하~…… 엣취."

한숨이 재채기로 변했다. 그러고 보니 쫄딱 젖은 그대로였다.

"추, 추워."

실내는 난방이 되고 있지만 옷이 젖은 그대로라서 몸이 차가 웠다.

"유우 오빠, 감기 걸리기 전에 목욕할까요."

"어어, 미안. 신세 지게 돼서."

"괜찮아요. 아버지도 어머니도 안 계시니까 제가 괜찮다고 하면 괜찮은 거예요. 아…… 할아버지는 계시지만 괜찮아요."

아사카가 날 재워준다는 말을 꺼냈을 때는 당연하게도 가정부들이 놀라서 걱정스러운 표정을 지었지만, 아사카가 투덜거리자 깔끔하게 물러났다.

"자, 가요."

아사카는 기분이 좋은 것 같았다.

손을 잡아끌려 계단을 올랐다. 겐도지가의 욕실은 2층에 있는 모양이다.

"옷은 거기 있는 바구니에 넣어주세요. 손님용 갈아입을 옷이 있으니까 가져올게요."

"그래, 고마워."

탈의실만 해도 내 방의 두 배 가까이 넓었다. 물을 잔뜩 흡수한 티셔츠를 어떻게든 벗었다. 속옷까지 흠뻑 젖었다.

잠시 후에 아사카가 돌아왔다. 어른용 갈아입을 옷과 자신이 갈아입을 옷을 안고.

"여기에 둘게요. 아, 수건은 저 선반에 있어요."

아사카는 그렇게 말하고 자기 옷에 손을 댔다. 하얀 배가 홀랑 얼굴을 드러냈다.

"잠깐만 아사카."

"네?"

아사카는 어리둥절해했다.

"너 뭘 하려는 거야?"

"뭐냐뇨, 목욕하는 거 아닌가요?"

"그런가, 그랬었지."

"네."

"아니, 그러면 안 되지!"

"네?"

피가 이어진 진짜 남매라면 몰라도 초등학교 1학년 여자아이랑 같이 목욕하는 건 여러 의미에서 안 된다!

갓난아기일 때부터 봐온 미야조차 같이 목욕한 적이 없는데.

"유우 오빠는 저랑 같이 하는 게 싫은가요?"

"아, 아니, 그런 게 아니라……."

아사카의 목소리가 떨렸다. 거절당했다고 생각했는지 당장이라도 울 것 같았다.

"아, 아니야. 아, 알았어. 그럼, 이렇게 하자——."

*

"유우 오빠, 밥을 먹고 나면 게임해요."

"그래."

"등은 제가 씻어줄게요."

아사카가 거품을 낸 샤워 타월을 손에 들고 뒤로 돌아갔다.

"기분 좋은가요?"

"그래, 기분 좋아."

"에헤헤."

아사카는 태어난 그대로의 모습—— 이 아니라 학교 수영복을 입고 있다.

이러면 넘어서는 안 되는 선은 아슬아슬하게 안 넘을 것이다. 아웃에 가깝게 아슬아슬하긴 하지만.

나도 빈틈없이 수건을 이중으로 둘러 앞을 가렸다.

"영차, 영차."

수영복을 입은 여자 초등학생이 등을 밀어준다.

이건 이거대로 위험한 그림이라는 느낌이 들지만, 이제 와서 신경 써도 이미 늦었다. 동생 같은 아이가 밀어주는 거니 솔직하게 그 선의를 고맙게 생각하자.

"그럼 이번에는 이쪽을 봐주세요."

"앞은 내가 씻을게!"

머리를 감고 몸을 씻은 후에는 아사카와 나란히 욕조에 몸을 담갔다.

"후우."

차가웠던 몸이 뼛속부터 따뜻해진다.

온몸을 뻗어도 여유 있는 넓이의 편백나무 욕조.

정면의 벽은 유리로 되어 있어서 오늘 태풍이 오지 않았다면 아름다운 야경을 볼 수 있었을 것이다. 대량의 빗방울이 부딪치고 부웅부웅 하는 바람 소리가 들렸다.

"태풍, 싫어요."

"무서워?"

"번개보다는 무섭지 않지만 번개보다 싫어요."

독특한 감성이다.

아사카는 턱 근처까지 몸을 담그고 다가왔다. 욕조 속에서 작은 손을 쥐자 아사카는 팔에 안겨왔다.

왼팔 전체에 말랑말랑한 감촉이 전해져왔다.

"태풍, 얼마나 있으면 지나가나요?"

"글쎄~, 아침이 되면 이미 지나가 있을 건데."

가끔 바람에 날린 낙엽과 나뭇가지가 창문에 부딪혀 바스락바스락 하고 소리를 냈다.

"슬슬 나갈까."

"네."

15분 정도 몸을 담가서 몸도 완전히 따뜻해졌다.

그 후, 식당에서 호화로운 저녁을 먹고 아사카의 방으로 돌아갔다. 참고로 일부 가정부는 여기에 살면서 일하고 있으며 1층에 방이 있다고 한다.

텔레비전으로 태풍 정보를 확인했다. 우리 마을에는 호우경보가 발령되었다.

시즈오카현은 오늘 밤이 고비인데 방심할 수는 없다.

"유우 오빠, 게임해요."

양반다리를 하고 앉자 잠옷을 입은 아사카가 그 위에 오도카니 올라왔다.

윤기 있는 머리카락에서 샴푸의 좋은 향기가 피어올랐고 열이 오른 몸은 어렴풋하게 빨개져 있었다.

"오늘 안에 특훈해서 미야랑 마히루를 깜짝 놀라게 할 거예요."

"내 특훈은 혹독하다고. 따라올 수 있겠나?"

"네, 스승님."

그렇게 둘이서 즐겁게 비디오 게임을 했다.

오후 9시 전. 아사카는 힘없이 눈을 깜빡이며 비비기 시작했다. 아이는 슬슬 잘 시간일 것이다.

"졸려?"

"조, 좀 더 일어나 있을 거예요."

"그럼 언제든 잘 수 있게 양치질만 먼저 하자."

"네~."

손님용 새 칫솔을 받았다.

둘이서 나란히 이를 닦고 방으로 돌아가자 아사카는 침대에 풀썩 뛰어들었다. 언제 봐도 커다란 킹사이즈 침대다.

"역시 졸리지."

"으음."

아사카는 안경을 벗어 머리맡에 뒀다.

나도 오늘은 왠지 피곤하다. 폭풍우 속을 걸은 피로가 생각보다 많이 쌓여있었다. 일찍 쉬자.

"그러고 보니 아사카, 난 어느 방에서 자면 돼?"

손님용 옷이 있을 정도니까 손님용 방도 있을 것이다. 안내를 받아야 한다.

"네? 여기에요."

아사카는 그렇게 말하고 침대를 퐁퐁 두드렸다.

"어?"

"빨리 오세요."

응?

어디라고?

＊

아리츠키 유우, 여자 친구가 없는 기간＝나이인 외로운 남자.

당연히 여자아이와 같은 방에서 하룻밤을 보낸 적은 없다. 그에게는 여자와의 하룻밤은 환상 속 세상에서 일어나는 일이며 고질ㅇ나 특촬물 히어로처럼 픽션의 영역을 벗어나지 않는다.

＊

잠깐 잠깐.

아무리 그래도 그건 아니지.

평소에 여자 초등학생이 자고 일어나는 침대에 들어가다니, 누가 이 이야기를 듣는지에 따라서는 살해당해도 불평할 수 없는 흉악한 짓이다.

아사카의 방에서 놀 때도 항상 신경 써서 침대에는 올라가지 않도록 하고 있었는데.

"유우 오빠, 안 자요?"

"잘 건데, 싫다고."

"저랑 자고 싶지 않은가요?"

표현 좀!

"빨리 오세요."

아사카는 이불을 젖혀 자기만 들어갔다.

침대 위에 둥글게 부푼 곳이 생겨났다.

"내가 같이 자도, 괜찮은 거야?"

"네."

난 각오를 다지고 침대에 올랐다.

"들어간다."

이불에 들어가자 아사카가 몸을 가까이 붙였다. 내 가슴에 얼굴을 대고 작은 호흡을 반복했다.

작은 몸. 따뜻하면서, 안으면 부러져버릴 것만 같을 정도로 연약하다…….

"에헤헤, 따뜻하네요~."

"그렇네."

뭔가 폭신폭신한 좋은 냄새가 난다. 달콤하고 부드러운 향기다.

"불 꺼주세요. 거기 있는 스위치예요."

"그래."

머리맡에 있는 리모컨으로 방의 불을 껐다.

어둠 속에서 선명하게 느낄 수 있는 것은 아사카의 체온뿐이다.

"……."

온몸이 뜨겁다. 욕조에 몸을 담그고 있을 때보다 훨씬 더.

피의 흐름이 가속돼서 심장이 쿵쿵 뛰기 시작했다.

"……."

뭐지? 아사카가 달라붙는 건 항상 있는 일인데, 왜 오늘은 이렇게 두근거리지.

난 로리콘이 아닐 텐데.

혹시 침대 안이라는 상황 때문인가?

그렇다면 더더욱 위험하잖아. 아사카를 여자로 의식하고 있다는 뜻이 되잖아.

역시 다른 방에서 자는 편이——.

그때, 바람이 크게 으르렁거렸다.

"꺅."

아사카는 그 큰 소리에 놀랐는지 더 바싹 몸을 붙였다.

"오오, 슬슬 태풍도 본격적으로 불기 시작했네."

창문이 덜컹덜컹 흔들리고 바람과 빗소리가 끊임없이 울렸다.

"읏."

작은 몸이 바들바들 떨렸다.

……어쩌면 지금까지도 오늘 같은 날이 있었을지도 몰라. 부모님이 안 계신 날, 태풍과 번개, 폭풍우가 치는 밤인가.

난 작은 등을 쓰다듬으면서 아사카를 끌어안았다.

"괜찮아. 내가 있잖아?"

"유우 오빠."

아사카는 안심한 듯이 눈을 감았다.

"잘 자요."

"그래, 잘 자."

그러고 보니. 난 떠올렸다.

이 집은 경사가 있는 땅의 중턱, 말하자면 사면에 지어져 있는 셈이지. 뒤쪽에는 산이 있는데, 산사태가 일어나거나 하진 않겠지……

"으아아아아."

"유우 오빠, 엄청 떨고 있어요."

"괘, 괜찮아."

"추, 추운가요?"

"아니야."

"설마 유우 오빠도 무서――"

"절대 아니야."

"?"

그날 밤에는 둘이 딱 붙어서 떨면서 잠들었다.

건방진 꼬맹이는 손에 넣고 싶어

1

일교차가 큰 시기. 아침에는 등교하는 게 귀찮아질 정도로 쌀쌀했는데, 지금은 왠지 따끈따끈해서 기분이 좋다.

저녁놀에 물든 거리를 바라보면서 자전거를 몰았다.

"다녀왔습니다~."

가게로 돌아오니 건방진 꼬맹이들이 테이블석에 둘러앉아 있었다.

"어서 와~."

"어서 와."

"어서 오세요."

셋이 다 같이 수상하게 웃고 있었다. 또 시답잖은 생각을 하고 있을 것이다.

"뭐야 너희들, 히죽거리기나 하고. 아빠, 콜라 줘."

"후후훗, 지금부터 말이야~, 유우 오빠의 앨범을 볼 거야."

미야가 테이블에 푹 엎드리면서 말했다.

"호~."

앨범 말이지.

응?

누구의 앨범이라고?

"다들 기다렸지~. 어라, 유우, 왔구나."

어머니가 두꺼운 한 권의 앨범을 안고 안쪽에서 나왔다.

하얀 커버에 금색 띠지, 그리고 큼직큼직하게 적힌 '유우 유치원'이라는 글자.

"켁."

"어서 오──"

"으랴아."

난 바로 어머니한테서 그걸 낚아챘다.

"아, 뭐 하는 거야."

"그건 내가 할 말이야. 다른 사람의 앨범을 멋대로──."

"괜찮잖아, 앨범 정도는."

괜찮을 리가 없다.

특히 유치원 시절의 사진은 스스로 보는 것조차 부끄러워서 싫은데, 이 녀석들한테 보여주면 더더욱 날 깔볼 게 틀림없다.

"보여줘~."

"내놔."

"보여주세요."

"시끄러, 절대로 안 돼."

난 건방진 꼬맹이들이 들러붙는 것을 피하면서 2층으로 달려 내 방에 틀어박혔다.

"도망쳤다."

"쫓아!"

"기다려 주세요."

저 녀석들은 건방진 꼬맹이들이다.

설령 숨긴다고 해도 금방 찾아낼 테고, 그렇다고 해서 달리 도망칠 곳도 없고.

"열어라~."

"넌 이미 포위됐다."

"열어주세요, 유우 오빠."

잠깐만?

그 방법을 쓰면 들키지 않을 수 있나?

난 손잡이를 놓고 문을 열었다.

"그래, 애들아. 무슨 일이 있어도 이 앨범이 보고 싶나?"

"빨리 보여줘."

"빨리 내놔."

"빨리 보여주세요."

"기다려봐. 그렇다면 승부를 내자고."

"승부? 유우 오빠가 우리한테 이길 수 있을 리가 없잖아."

마히루가 딱 잘라 말했다.

"큭, 그렇게 말한다 이거지. 그렇게까지 말한다면 승부를 내줘야겠어. 너희가 이기면 이 앨범, 마음껏 보여주지. 하지만 내가 이기면 이 녀석은 봉인하겠다. 어느 쪽이 이겨도 서로 불평하면 안 되는 공정한 승부다."

"어떡할래?"

미야는 마히루와 아사카를 봤다. 건방진 꼬맹이들은 어떻게 할지 의논하기 시작했다.

"뭐냐? 지는 게 무서운 건가? 그래, 괜찮아 괜찮아. 나한테 이길 자신이 없으면 딱히 상관없어.”

난 손바닥을 보이며 코웃음 치는 척을 했다.

“뭐라고”라는 미야.

“유우 오빠는 나한테 못 이겨”라는 마히루.

“괜찮으려나”라는 아사카.

쉽다. 바로 넘어왔다.

“승부 방식은 뭐냐!”

미야가 물었다.

“지금부터 나는 이 앨범을 이 방 안에 숨길 거다. 그걸 찾아서 손에 넣을 수 있다면 너희의 승리다.”

“어? 간단하잖아요.”

“잠깐, 아사카. 유우 오빠니까 방 안에 숨긴다고 해놓고 베란다에 숨길 수도 있어.”

“그렇구나, 미야 예리해.”

“바보야. 그런 비겁한 짓을 하겠냐. 방 안이라 하면 방 안이야.”

“몇 분 안에 찾으면 돼?”

마히루가 팔짱을 꼈다.

“그렇네, 제한 시간은 15분으로 해두지.”

“……좋다.”

“그럼, 지금부터 숨기고 올 테니까 기다리고 있어.”

그렇게 난 문을 닫았다.

2

"좋아, 됐다."

난 벽에 기댄 채로 문을 열었다.

세 명이 방에 들어간 것을 확인하고 손을 뒤로 돌려 문을 닫은 뒤, 그대로 다시 기댔다.

"여기다."

마히루는 침대 아래를 들여다봤다.

"음~, 없네~."

"여기 찾을게."

아사카는 책장 주변을 찾기 시작했다.

"음~."

미야는 침대 위에 서서 방을 둘러봤다.

"유우 오빠, 방 안에 있는 거 맞지?"

"그럼."

"좋아."

미야는 침대에서 뛰어내려 책상 서랍을 모조리 조사하기 시작했다.

"크니까 숨길 수 있는 장소는 적을 거야."

호오, 아이치고는 좋은 통찰이다.

"그다지 큰 소리는 안 났으니까 물건을 치운 건 아닌 것 같아."

그렇게 말하면서 마히루는 방 안을 돌아다니고 내 쪽으로 다가왔다.

"왜, 왜 그래."

뭐야, 설마 알아챘나?

"음~."

그대로 옷장 쪽으로 가서 안심했다.

"별로 안 어질러져 있네."

옷장을 열고는 바로 닫았다.

그렇군, 의류가 어질러져 있는 정도로 거기에 숨겼는지 아닌지를 판단한 모양이다. 시간을 아끼면서 쓸데없는 노력도 줄이는 좋은 전법이다.

하지만 너희는 근본적인 부분부터 방향을 잘못 잡았다.

"아!"

"미야, 찾았어?"

"유우 오빠, 이 게임 나중에 해도 돼?"

미야가 서랍 속에서 게임팩을 꺼냈다.

"좋아."

"미야, 그런 건 나중에 해."

"여기에도 없어. 베란다에 있나?"

아사카는 창문을 열었다.

"아사카, 유우 오빠는 방 안이라고 했으니까 베란다에는 없을 거야."

"그런가."

후후훗.

시간만 계속해서 간다고.

뭐, 건방진 꼬맹이의 시점으로는 애초에 못 찾겠지. 그리고 찾는다고 해도 문제없다.

내 자존심, 그리고 어른으로서의 위엄을 위해 이 앨범은 어떻게든 사수해야만 한다.

좋아 좋아, 3분 남았다.

"젠장~, 전혀 못 찾겠어."

"역시 옷장에 있나?"

미야는 침대 위에서 뛰면서 돌아다녔고 마히루는 옷장을 다시 열었다.

"그러고 보니 유우 오빠, 왜 계속 거기에 있나요?"

아사카가 물었다.

"어?"

그 순수한 의문에 뭔가를 느꼈는지 미야가 내 앞까지 왔다.

건방진 눈이 날 올려다봤다.

"뭐, 뭐야?"

"수상해."

"찾으러 안 가도 돼? 이제 2분 남았다?"

"……."

"……."

"찾았다! **옷 속이다!**"

이런, 들켰다.

"뭐?"

"찾았어?"

"이거 봐, 잘 보면 등 부분이 네모나."

"아~!"

"아~!"

"큭."

결국 찾고 말았나.

옷 속에 앨범을 넣고 등을 문에 딱 붙여 불룩해진 부분을 숨긴다.

아이들은 실내 수색에 열중하게 되니까 출입구에 서 있으면 사각이 되는 수법이다.

"그렇구나, 확실히 **방 안**이에요."

"유우 오빠 치고는 머리 썼네."

"유우 오빠 치고는이라니 무슨 소리냐."

"자, 앨범을 넘겨라."

마히루가 손을 뻗었다.

"아앙? 무슨 말을 하는 거냐. 찾아서 **손에 넣으면**, 이라고 말했잖아. 흐하하하하."

난 앨범을 높이 들었다.

"자자, 어디 가져가 봐라."

"비겁하다."

"유우 오빠, 치사해요."

미야와 아사카가 뿅뿅 뛰었지만 내 머리 위까지는 아무리 애써도 닿지 않았다.

안타깝게 됐구나.

가끔은 불합리함을 접하는 것도 아이의 성장에 필요하다.

이렇게 넘을 수 없는 벽에 부딪치면서 어른이 되어가는 거다.

나도 이 앨범을 보여줄 순 없다.

시계를 봤다. 앞으로 30초.

이겼다.

"미야, 아사카, 거기서 나와."

"그래."

"응."

마히루가 주먹을 크게 들어 올렸다.

"어?"

"에잇."

띵.

"으갸악."

견딜 수 없는 고통이 고간으로부터 뇌수를 거쳐 달렸다.

"아, 아아."

온몸의 힘이 빠졌고, 난 버티지 못하고 무너져 내렸다.

또, 또야……

이, 이 자식, 설마 알고 노리는 건가?

"해냈다~, 얻었어."

미야가 바로 앨범을 들었다.

"마히루, 대단해 대단해~."

"그래서 말했잖아. 유우 오빠는 나한테 못 이긴다고."

"으, 아아."

몸이, 뜨거워.

"아아, 아아."

"좋아, 아래층으로 돌아가자."

미야의 호령에 건방진 꼬맹이들은 방에서 뛰쳐나갔다.

홀로 남겨진 나는 아직 사라지지 않는 아픔과 씨름했다.

"아, 으아아."

3

"이게 유치원에 처음 간 날의 사진이네."

"엄청 울고 있잖아."

미야가 웃었다.

"처음 셔틀버스를 탔을 때는 있지, '엄마랑 떨어지기 싫어~'라면서 큰 소리로 울어서 힘들었어."

"이건?"

"이건 축제 수레에 깜짝 놀라서 울었을 때."

"이건 뭐예요?"

"포○몬 영화를 보러 갔는데 첫날이라 엄청 붐벼서 못 봤을 때의 사진이네."

"유우 오빠, 울고 있는 사진밖에 없네."

마히루가 기가 막힌다는 듯이 어깨를 으쓱였다.

"귀여워요."

"시끄러! 그래서 싫다고 했잖아."

어떻게 된 영문인지, 난 옛날부터 잘 우는 아이였던 것 같다. 어릴 때의 사진은 반 이상이 울고 있는 사진이었고, 그게 부끄러웠다.

젠장, 좀 더 제대로 된 사진은 없나.

"어라? 이건."

미야가 어떤 사진을 가리켰다.

"어머, 왜 유치원 쪽에 섞여 있는 걸까."

그건 내가 초등학교 5학년 때의 사진이었다.

작은 아기를 신중하게 안은 어린 나. 그 옆에는 젊은 미쿠 씨의 모습이.

"이거 혹시, 미야?"

"와아, 귀여워."

"우와아, 보, 보지 마."

미야가 앨범을 안고 달리기 시작했다.

마히루와 아사카가 그 등을 쫓았다.

10년 만에 재회한 건방진 꼬맹이는 청순미소녀 여고생으로 성장해 있었다

1

아리츠키 슌의 아침은 빠르다.

그는 꼭 하늘이 밝아지기 시작할 무렵, 매일 아침 오전 5시에 기상한다. 아내를 깨우지 않도록 침대에서 빠져나와 아래층의 부엌으로 내려간다.

잠을 깨는 뜨거운 블랙커피를 마시고, 아직 조금 남아있는 졸음을 쓴맛으로 지워버린다.

"후우."

여름에도 겨울에도 일어나서 가장 먼저 입에 대는 건 뜨거운 블랙커피로 정해뒀다. 설탕도 프림도 필요 없다. 이게 바로 커피 본연의 맛이라는 게 그의 지론이었다.

똑같은 것을 매일 아침 마셔서 그날 혀의 상태를 확인한다는 목적도 있다. 〈문 나이트 테라스〉의 마스터인 그에게 커피란 자신의 인생 그 자체였다.

"……맛있군."

오늘도 혀는 무뎌지지 않은 것 같아 안심했다. 부엌 주변을 청소하고 방으로 돌아갔다.

역시 아내는 아직 자고 있다. 살살 옷장으로 향했다.

가게를 차린 이후 매일 아침 계속 똑같은 행동을 반복하고 있지만, 여태까지 아내가 일어난 적은 없다.

몸단장을 끝내고 밖으로 나왔다. 어젯밤에는 한바탕 비가 왔다고 하는데 땅이 조금 젖어있는 정도다. 좋은 컨디션이다.

살살 뛰어서 도로를 사이에 두고 건너편에 있는 주차장으로 갔다. 안쪽의 차고를 열어 애차인 하얀 수프라에 올라타 시동을 걸었다.

시트로 전해지는 진동을 느끼면서 핸들을 쥐자 동심으로 돌아간 듯한 고양감이 온몸에 용솟음쳤다. 30년 가까이 매일 아침마다 똑같은 차를 타면서 단순한 남자구나, 라는 생각이 들어 스스로에게 기가 막혔다.

"갈까."

슌의 모닝 루틴은 지금부터가 진짜다.

직장 겸 자택에 하루 종일 구속당하는 일이 많은 그가 자유롭게 차를 몰 수 있는 건 이 아침 시간뿐이다.

오늘은 후지산에 갈까.

중심 시가지에서 북쪽으로 가서 우회로를 넘어 등산로에 들어갔다.

목적지인 후지산이 아침의 어스름한 하늘에 거대한 그림자가 되어 나타났다.

도중에 자판기에서 캔커피를 샀다.

슌은 확고한 커피 취향이 있어서 인공적인 단맛이 있는 캔커피 등은 입에 맞지 않았다. 하지만 신기하게도 드라이브 중에만 그 취향이 변한다.

"호오."

좁은 차 안에서 마시는 캔커피는 왠지 맛있게 느껴졌다.

잠깐 쉬고 다시 차를 몰았다.

트윈터보의 포효와 바람을 가르는 소리를 BGM으로 삼아 아침의 후지산을 폭주했다.

'후지의 하얀 늑대'라 불렸던 그때를 떠올렸다.

좌우로 펼쳐지는 푸르른 나무들. 구불구불한 산길을 올라 후지산 스카이라인 주유 구간으로 들어갔다. 비교적 완만한 코너가 이어지는 달리기 쉬운 도로.

이윽고 산을 달리는 하얀 늑대는 옛 요금소의 분기점에 도착했다. 여기서 왼쪽으로 꺾으면 본격적인 후지산 스카이라인, 5부 능선까지 이어지는 등산 구간이다.

5부 능선까지 올라가고 싶지만, 공교롭게도 오늘은 아침에 할 일이 많다.

유턴해서 이번에는 내리막이다. 아침의 한적한 후지산에 스키드 소리를 울리며 단숨에 내려갔다.

집에 도착하니 아들인 유우가 가게 주변 청소를 시작하고 있었다.

"아, 아빠. 마침 잘 왔어."

"무슨 일이냐?"

"있잖아, 나 차 갖고 싶은데 아빠가 잘 알잖아?"

＊

〈문 나이트 테라스〉가게 안. 나는 아버지가 아침 드라이브에서 돌아온 것을 보고 차 구입에 대한 상담을 했다. 아버지는 옛날부터 차를 좋아했고, 내가 어릴 때에는 자주 드라이브에 데려가 줬다. 쉬는 날에는 거의 드라이브를 하거나 차를 손보는 모습만 봐서 어린 마음에 다른 취미는 없는 걸까 하고 생각한 적도 있었다.

아침의 준비 작업과 가게를 청소하면서 이야기를 들었다.

"예산은 얼마나 있지?"

"일단 모아둔 건 600만 정도 있는데."

"그렇게나 있어?"

평소에는 과묵한 아버지가 드물게 목소리를 크게 냈다.

"뭐 그렇지."

도쿄에서는 생활에 필요한 것에만 돈을 썼기——사실은 취미에 돈을 쓸 여유가 없었다——때문에 요 10년 동안 저금만큼은 잘 됐다.

"그 정도 있으면 충분하겠지. 그래서 어떤 차가 필요하지?"

"음~, 일단 일상적인 교통수단으로 쓰고 싶으니까 집착하는 부분은 딱히 없는데."

개업 전 준비를 하면서 이야기를 계속했다.

"그래도 모처럼 사는 자가용이니까 멋진 게 좋으려나."

"……외관을 우선해서 고르면 후회하게 되지만, 뭐 괜찮겠지. 유우, 스틱은 운전할 수 있나?"

스틱은 수동차량을 말하는 것일 것이다. 그건 그렇고 부모님

세대는 왜 스틱이라 부르는 걸까?

"오히려 수동차밖에 운전 안 했어. 회사 차는 수동밖에 없었으니까."

내가 그렇게 말하자 아버지는 눈을 반짝였다.

"그럼 모처럼이니 스포츠카를 사보지 않겠니?"

"스포츠카 말이지, 근데 왠지 어려울 것 같은데."

"첫 차는 어차피 부딪칠 거니까 중고 경차로 사도 괜찮잖아."

부엌에서 아침을 하던 어머니가 그렇게 말하며 쟁반을 들고 왔다. 토스트에 계란프라이, 그리고 샐러드가 가까이에 있는 테이블에 차려졌다.

"아니, 딱히 초보 운전도 장롱면허도 아니거든."

난 10년이나 납기와 클레임에 재촉을 당하면서 배달 업무를 해왔다. 날 얕보면 곤란하다.

"해마다 규제가 강해지고 있으니까 스틱 스포츠카를 신차로 살 수 있는 건 지금이 마지막 기회일지도 모른다고, 유우. 아직 토요타가 힘내주고 있어서 괜찮지만, 요즘 같은 시대에는 언제 신차 라인업에서 스포츠카가 사라져도 이상할 게 없다. 그리고——."

과묵한 아버지가 드물게도 수다스러워졌다. 그 옆에서 어머니가 한숨을 쉬고,

"네 돈이니까 어떻게 쓰든 자유지만, 큰돈을 쓰는 거니까 차분히 잘 생각해. 거기 있는 자동차 바보의 의견은 반쯤 흘려들어."

"그렇네."

"개인적인 추천은 GR야리——"

"여보! 그냥 당신이 갖고 싶은 거잖아요."

어머니의 일갈에 허리를 쭉 편 아버지는 풀이 죽어 테이블에 앉아 아침을 먹기 시작했다. 그리고 어머니가 다시 부엌에 돌아간 것을 보자 이쪽을 살짝 돌아봤다.

"차에 대한 상담이라면 타이치 녀석한테 해봐도 좋을 거다."

"아아, 탓쨩도 잘 알지."

탓쨩, 하루야마 타이치는 미야의 아버지다. 아버지의 친구이며 내가 어릴 때부터 자주 놀아줬다. 그런 인연이 있어서 난 그를 '탓쨩'이라 부르고 있다. 그쪽도 차를 좋아하니 다음에 만나면 상담을 해볼까.

역시 차를 사려면 우선은 딜러에게 가서 시승도 해야지. 아니, 그 전에 먼저 어떤 차를 살지 방향성부터 정해야 하나.

그건 그렇고 차를 사자고 마음먹은 순간, 왠지 마음이 근질근질하고 설레기 시작했다. 마치 아이가 새 장난감을 받아서 돌아가는 길에 온몸이 근질거리는 고양감을 느끼는 것처럼.

새로운 도전이라는 건 몇 살이 되든 중요하다고 느꼈다. 이날은 잠들 때까지 차에 대한 생각이 머리의 한구석에 떠 있었다.

2

크, 큰일이다.

빨리 빠져나와야 한다.

내 얼굴을 감싼 따뜻하고 말랑말랑한 것.

마히루는 자면서 숨소리를 색색 내며 내 머리를 안고 잠들어 있었다.

　현역 여고생 곁에 붙어서 자는 건 사회적으로 용인이 안 되는 행위다.

　아니, 이 자세는 곁에 붙어서 잔다는 수준을 아득히 뛰어넘었다.

　다른 사람이 보면 신고를 당해도 이상할 것이 없다.

　대체 왜 이렇게 돼버린 것인가.

　분명 부활동 쉬는 날이라면서 마히루가 놀러 온 것은 기억하고 있는데……

＊

　시간은 약간 거슬러 올라가 아리츠키가 잠에서 깬 오전 8시를 넘겼을 때의 일이다.

＊

　"으, 으으."

　머리 안쪽에 둔탁한 아픔이 퍼지고 갈증이 가라앉지 않았다. 조금 움직이면 배에 든 것이 역류할 것 같았다.

　"우, 우웩."

　흔히들 말하는 숙취다.

아버지의 유전도 있어서인지, 난 술이 그렇게 센 편이 아니다. 맥주를 마시면 350ml 캔 하나로 충분히 취할 수 있는 싸게 먹히는 남자다.

자신의 한계를 알고 있는 만큼 다음 날 아침까지 숙취가 남도록 마시는 일은 거의 없지만, 어제는 상대가 안 좋았다.

어머니, 아리츠키 사야카는 술고래다. 어머니는 휴일 전에 저녁 반주를 하는데, 거기에 어울린 결과가 바로 이거다. 어머니가 술을 좋아한다는 건 어릴 때부터 알고 있었지만 10년 동안 도쿄에 있었기 때문에 본격적으로 같이 마신 건 어젯밤이 처음이었다.

맥주부터 시작해서 미즈와리*, 사케를 빠른 페이스로 마셨지만 어머니는 아무렇지도 않아 마치 물이라도 마시고 있는 것 같았다.

그런 어머니를 보고 내일은 휴일이라면서 나도 모르게 마시는 속도가 빨라지고 만 것이다.

"이, 이건 위험하다고."

난 어떻게든 침대에서 일어나서 수분을 찾아 아래층의 부엌으로 향했다.

찬물 세 잔을 위에 들이부었지만 메스꺼움은 전혀 나아지지 않았다. 오히려 몸이 차가워져 속이 더 안 좋아진 것 같았다.

그렇지, 이럴 때는 뜨거운 물로 샤워를 하면 좋다는 말을 누군

---

* 술에 물을 타서 묽게 희석시킨 것. 단순히 미즈와리라고 쓰면 위스키에 물을 탄 것을 지칭하는 경우가 많다.

가에게 들은 적이 있다. 난 서둘러 욕실로 향했다.

뜨거운 물을 머리부터 뒤집어쓰고, 그 후에 따뜻한 차를 마셔봤다.

아까보다는 나아졌지만 어디까지나 나아진 정도다. 머리를 맴도는 아픔은 여전했다.

"으아아."

그때, 인터폰이 울렸다.

비틀비틀 현관으로.

"······네."

"여."

"오오, 마히루인가."

마히루는 하얀 티셔츠에 검은 미니스커트로 시원해 보이는 옷차림이었다. 왼손에는 항상 차는 리스트밴드, 신발은 하얀 스니커. 전체적으로 흑백 코디다.

마히루를 방에 들였다. 이야기를 들어보니 부활동은 쉬는 듯했다.

"이야~, 오랜만에 쉬는 날이야. 계속 연습에 또 연습해서 녹초가 됐어."

"열심히 하고 있구나, 마히루."

"어제도 8시까지 힘들게 연습했고······ 왜 그래, 유우 오빠, 안색이 안 좋은데."

"아니, 숙취라서."

"괜찮아?"

마히루는 걱정스럽게 얼굴을 들여다봤다.

"솔직히 좀 위험할지도."

난 침대에 누웠다.

"우웨엑."

"유우 오빠는 술 좋아해?"

"좋아하냐 아니냐를 따지면 좋아하지만 그렇게 세지 않아……
으윽."

"……괜찮아? 물 떠다 줄까?"

"아, 아니, 물은 이제, 됐어."

"그래."

마히루는 침대 가장자리에 무릎을 꿇고 앉아 내 배를 쓰다듬
었다. 마히루의 손이 살살 쓰다듬어주는 건 기분이 좋지만 왠지
부끄러웠다.

"그렇지, 엄마가 숙취일 때는 포카리가 효과 있다고 했으니까
사 올게."

"아니, 미안한데."

"괜찮아 괜찮아, 잠깐 기다리고 있어."

마히루는 그렇게 말하고 뛰어서 방에서 나갔다.

그렇다, 거기까지는 기억하고 있다.

마히루가 포카리를 사러 갔고…… 하지만 돌아온 장면은 기억
에 없으니까 그 사이에 잠들었을 것이다.

하지만 왜 마히루까지 자고 있는 거지?

아, 부활동을 하느라 바쁘다고 했었지. 마히루도 분명 피곤할

것이다.

그건 그렇고 보통 이미 남자가 자고 있는 침대에서 같이 자나?

이 녀석의 정조 관념은 어떻게 된 거냐.

복장도 유난히 노출이 많을 때가 있으니 오빠로서 걱정된다고!

뭐, 그건 그렇고, 다시 잔 덕분에 컨디션도 꽤 좋아졌으니 빨리 빠져나와야 한다.

"……."

움직일 수 없다.

마히루는 왼팔로 머리를 안고 오른팔로 어깨 아래 부근을 꼭 안고 있었다. 내 오른팔은 마히루의 허리 아래에 있고 다리가 얽혀있어서 풀 수 없었다.

"으극……."

게다가 이 녀석 쓸데없이 힘이 세다.

단단히 붙잡혀서 굳히기 기술에 걸린 것 같은 느낌마저 들었다.

무리하게 빠져나오려고 하면 마히루 몸의 엄한 부분에 닿을 것 같아서 무섭다.

실제로 얼굴은 마히루의 가슴에 파묻혀 있다.

"큭……."

온몸으로 마히루의 체온과 향기를 느껴서 이건 여러 가지 의미로 위험하다며 본능이 호소했다.

게다가 말랑말랑한 느낌이 내 온몸을 감쌌다.

나도 남자다.

그러니 이런 건 위험하다니깐.

"야, 야, 마히루, 일어나."

말을 걸었지만 마히루의 반응은 약했다.

"음~."

"마, 마히루, 일어나, 일어나줘."

틀렸다. 아주 푹 주무시고 계시다.

마히루가 자연스럽게 일어나는 걸 기다리는 수밖에 없나.

꽃향기와 같은 좋은 향기가 내 이성을 흔들고 마히루와 닿아 있는 부분이 타오르는 것처럼 뜨거워졌다. 머리가 터질 것 같다.

이런 건, 이런 건…….

"유우 오빠?"

그때 미야의 목소리가 들렸다.

쭈뼛쭈뼛 얼굴을 돌려 문 쪽으로 시선을 돌리자 싸늘한 눈으로 바라보는 미야가 서 있었다.

어쩜 이렇게 안 좋은 타이밍에 놀러 온 거냐.

"오해야."

"뭐, 뭐."

"그런 게 아니야, 결코."

"뭐뭐, 뭐."

"난 그저…….."

"……뭐, 뭐, 뭐뭐, 뭐 하는 거야~!"

"미, 미야, 아니야. 이건."

"뭐야, 시끄럽네."

마히루가 일어났다.

"오오, 미야."

"마히루, 어떻게 된 거야?"

"아니, 요즘 피곤해서 나도 모르게 잠들었어. 아, 유우 오빠, 포카리 마셨어?"

"이 자세로 마실 수 있을 리가 없잖아."

"아, 아 아무튼 떨어져!"

미야가 억지로 떼놔서 마음이 놓이는 듯한, 아쉬운 듯한, 그런 복잡한 심경이 들었다.

3

난 생각하고 있었다.

이제 곧 절친한 친구인 미야의 생일이다.

미야, 마히루, 그리고 나.

이 셋의 사이는 절친한 친구를 넘어 자매라고 봐도 무방하다. 5살 때 유치원을 다니면서부터 알고 지냈고, 우리는 늘 셋이서 놀았다. 유우 오빠와 만나기 전, 그리고 헤어진 후에도 셋이서.

그 정도로 소중한 사람의 생일에 나는 시즈오카로 돌아가야 하는지 고민하고 있었다.

작년까지는 미야와 마히루의 생일에 매년 후지노미야에 귀성 해서 선물을 줬지만, 올해는 상황이 조금 다르다. 돌아가면 그 사람이 있다. 그 사람과 만나게 된다. 하지만——

"……."

난 어떻게 해야 할지 고민하고 있었다.

　미야의 생일은 축하해주고 싶고, 미야와 마히루와도 만나고 싶다. 올해의 골든 위크에는 돌아가지 못했으니 보고 싶다는 마음이 더더욱 강했다.

　하지만 지금 돌아가면 그곳에는 그 사람—— 유우 오빠가 있다.

　나는 침대에 누우면서 휴대용 음악 플레이어를 집었다. 어릴 때 자주 보던 애니메이션 주제가를 듣기로 했다. 고민이 있을 때나 어려운 생각을 할 때는 추억에 잠기는 게 최고다.

　이윽고 그리운 멜로디가 흐르기 시작했고, 내 마음을 추억의 세상으로 되돌려줬다. 모든 것이 즐거웠던 어린 시절로.

　최근에는 더 이상 새로운 가수나 새로운 노래에 관심을 가지는 일이 거의 없다.

　오로지 그리운 노래만 듣고 있다. 새로운 것 따위는 필요 없다. 기술의 진화도 발전도 필요 없다. 추억 속의 세상이야말로 내가 바라는 모든 것.

　노래의 끝이 다가와서 백 버튼을 눌렀다.

　다시 인트로가 흐르기 시작했고, 노래는 처음부터 반복됐다.

　몇 번이고 몇 번이고, 몇 번이나 몇 번이나…….

　——아이로 돌아가 보고 싶다.

　어느 배우가 폭행 사건을 일으켜 체포되었다. 그는 내가 어릴 때 보던 교육방송에 출연하고 있었다.

어릴 때를 추억하려고 그 방송에 대해 떠올릴 때마다 난 그가 저지른 범죄도 동시에 떠올릴 것이다. 화면 속에서 웃는 그가 현실의 범죄자와 합치되어 버렸다.

그리운 추억에 먹칠을 당한 듯한 기분.

내 추억은 **더럽혀졌다.**

어릴 때 보던 애니메이션의 주연 성우가 프로듀서에게 성희롱을 당했다고 고발했다. 작품에 죄는 없지만 더는 순진한 마음으로 그 애니메이션을 떠올릴 수 없다.

어릴 적에 가족과 친구와 자주 간 쇼핑센터. 그곳도 반복해서 개장하고 점포가 바뀌어 조금씩 조금씩 변해간다.

본가 옆에 있는 오래된 빈집이 헐렸다. 집을 나설 때마다, 돌아올 때마다 눈에 들어왔던 그 빈집. 결국 누군가가 그곳에서 사는 일은 없었지만, 내 일상의 풍경에는 항상 포함되어 있었다.

어릴 적에 자주 놀았던 공원의 놀이기구가 철거되었다. 위험하기 때문이라는 심플하면서 납득이 가는 이유로. 보기에 좋아지긴 했지만 그곳을 지나갈 때마다 마음이 휑해졌다.

추억 속의 풍경과 현실 풍경의 괴리. 머릿속으로 회상할 수는 있지만, 더는 그 시절의 세상은 어디에도 존재하지 않는다.

그 시절로는 돌아갈 수 없다.

이런 기분은 분명 나밖에 모를 것이다. 이상한 소원이라는 것은 스스로도 잘 알고 있다. 변화를 막는 것은 누구도 할 수 없다.

계속 그대로만 있으면 좋을 텐데.

바꿔버리면 더는 원래대로 돌아갈 수 없잖아? 계속 살아갈수록 추억의 장소는 사라져 간다.

인생은 잃기만 할 뿐이라고 말하면 그렇지 않다고 반론하는 사람이 반드시 있다. 새로운 것에 도전하자, 새로운 만남에 감사하자면서…….

아니야.

내가 하고 싶은 말은 잃어버리면 두 번 다시 얻을 수 없는 것이 있다는 것.

내 추억을 더럽히지 마.

내 추억을 빼앗지 마.

어릴 적, 인생에서 가장 즐거웠던 그 시절.

그 상징인 유우 오빠.

만약 그 사람마저 안 좋은 방향으로 변해버렸다면 어린 시절의 가장 행복한 기억까지 더러워지고 만다.

그렇게 되면 난 분명 살아갈 수 없을 것이다.

그러니 난 **만나고 싶지 않다.**

유우 오빠가 좋으니까.

유우 오빠가 소중하니까.

추억 속의 깨끗한 유우 오빠인 그대로 있어줬으면 하니까.

앞으로 긴 인생을 살아가면서 난 얼마나 많은 추억을 잃게 될까. 괴로운 일만 이어지는 인생 속에서도, 어린 시절의 소중한 추억을 양분으로 삼아 열심히 살아왔다.

하지만 유우 오빠까지 잃을 바에는 차라리……

건방진 꼬맹이와 고양이

1

"있잖아~, 로리콘이 무슨 뜻인지 알아?"

미야는 침대에서 뒹굴면서 불쑥 말했다.

"그게 뭐야? 미야."

"어제 본 애니에서 나온 말인데, 엄마한테 물어봐도 잘 몰랐어."

"아~, 나도 들어본 적 있을지도. 확실히 무슨 뜻일까."

"조사해보자"라고 말하며 아사카는 스마트폰을 꺼냈다. 과보호하는 부모님이 사준 키즈폰이다.

"어때, 나왔어?"

마히루가 아사카 옆에 달라붙어 들여다봤다.

"어라~, 왠지 볼 수 없어."

"정보 규제다."

그런 단어로 검색하면 유해한 사이트가 나올 것이라는 건 말할 필요도 없을 것이다. 필터링 기능이 건방진 꼬맹이들의 앞을 가로막았다. 어떻게든 볼 수 있는 페이지를 열어봤지만, 한자와 취급하는 단어의 특성상 건방진 꼬맹이들은 좀처럼 이해하지 못했다.

"음~, 잘 모르겠는데 아마 아이를 좋아하는 어른, 이라는 뜻

같은데……?”

“그건 유우 오빠를 말하는 거잖아.”

미야가 후다닥 일어났다.

“그렇구나, 유우 오빠는 로리콘이었나.”

마히루는 응응, 하며 고개를 끄덕였다.

“아, 유우 오빠가 온 것 같아.”

아사카가 창문에 달려들었다. 밖에서 자전거 소리가 들려왔다.

건방진 꼬맹이들은 하루야마가에서 〈문 나이트 테라스〉로 이동했다.

“오~, 애들아.”

“어라, 유우 오빠, 그게 뭐야?”

미야가 물었다. 아리츠키는 종이 상자를 안고 있었다.

“감자라도 사왔어?”

“아니거든.”

“보여줘.”

마히루가 상자를 들여다봤다..

거기에는──.

“아, 고양이다.”

*

얼룩무늬 새끼 고양이는 기분 좋은 듯이 박스 안에서 잠들어 있었다.

"유우 오빠, 고양이 샀어요?"라고 말하는 아사카.

"주웠어."

"아직 생후 2개월 정도 됐으려나. 털도 가지런하고 박스 안에 있었으니까 길고양이는 아닌 것 같네."

어머니가 발치에 있는 종이 상자를 들여다보면서 말했다.

"한창 귀여울 때인데 버려지다니, 불쌍하게."

난 테라스석에 자리 잡고 발치에 있는 상자와 그 안에 든 것에 대해 설명했다.

하교 도중에 지나간 공터에 본 적 없는 상자가 놓여있는 것을 발견한 게 10분 정도 전의 일이다. 그런 진부한 일이 설마 있겠나 하면서도 안을 확인해보니 새끼 고양이가 느긋하게 잠들어 있었다.

차마 그대로 내버려 둘 수 없어서 무심코 데리고 와버렸다.

"귀여워~."

미야는 눈을 반짝이면서 조심조심 새끼 고양이의 머리를 쓰다듬었다. 만지는 자극에 잠이 깼는지 새끼 고양이는 야옹 하고 울었다.

"우와앗."

미야는 마치 고양이처럼 뒤로 뛰어올랐다.

"너, 너무 무서워하잖아."

"안 무서워했거든."

"미야, 고양이는 말이야, 턱 밑 부분이나 목 주변을 쓰다듬어 주면 좋아해."

어머니는 익숙한 손놀림으로 새끼 고양이를 쓰다듬었다. 그러고 보니 어머니의 집에서는 옛날에 고양이를 몇 마리나 키웠었지. 건방진 꼬맹이들도 엄마를 따라서 새끼 고양이를 쓰다듬었다.

"이렇게요?"

"그래 그래."

"에헤헤, 귀엽네요."

"아사카, 잘하네."

마히루는 엉덩이 쪽을 어색하게 쓰다듬고 있었다.

"마히루, 고양이는 꼬리 쪽은 별로 안 좋아하니까 이쪽을 쓰다듬어줘."

"아, 안 물려나."

"괜찮아, 자, 이렇게."

어머니는 마히루의 손을 잡고 새끼 고양이의 턱으로 이끌었다.

"우유 마시려나?"

미야가 말했다.

"우유는 배탈 나는 아이도 있으니까 고양이용 우유가 좋지."

흐뭇한 광경이다.

"있잖아~ 있잖아~, 여기서 키우는 거야?"

마히루가 묻자 어머니는 미묘한 표정을 지었다.

"음~, 실은 키우고 싶지만~, 우리 집은 음식점이니까 위생적으로 어려우려나."

역시 안 되나.

"괜찮아. 데려가는 사람이 없으면 내가 데려가 줄게."

미야가 큰 소리로 말했다.

2

"안 돼. 아빠가 고양이 알레르기니까."

미야의 어머니, 미쿠 씨가 단호하게 말했다.

"엥~, 괜찮잖아 괜찮잖아."

미야는 떼를 썼지만 미쿠 씨한테는 통하지 않았다.

"안 돼~."

"치~."

하루야마가를 뒤로 하고 이번에는 류샤쿠가로 향했다. 여전히 큰 걸 가진 마히루의 어머니, 류샤쿠 아스카가 응대했다.

"엄마, 키우면 안 돼?"

마히루가 아스카 씨에게 안겼다.

"음~, 키우고 싶은 마음은 굴뚝같지만……."

아스카 씨는 집 안을 언뜻 돌아보고 현관에 설치된 선반 안에 있는 세 마리의 파피용을 봤다.

"이미 강아지가 세 마리 있어서…… 여유가 없을지도. 미안해."

류샤쿠가도 어려운 모양이다.

"저희 집도 어머니나 아버지가 괜찮다고 하면…… 하지만 오늘은 집에 안 오셔요."

아사카기 미안한 듯이 말했다.

"음~, 어떻게 할까."

주워 온 책임으로 어머니에게 키워줄 사람을 찾으라는 명령을 받은 나는 건방진 꼬맹이들과 함께 근처의 상점가와 아는 사람의 집을 방문하며 돌아다니기로 했다.

하지만 새끼 고양이를 거둬주는 사람은 찾지 못하고 시간만 흘러갔다. 주운 곳에 돌려놓는다고 해도 근본적인 해결은 되지 않을 것이고 아사하고 말 것이다. 보건소에 데려가면 최악의 경우에는 살처분 당할 우려가 있고…….

그때──.

"어라, 아리츠키."

"응, 오오."

"우연이네."

"그, 그렇네."

우연히 만난 반 친구 시모무라 히카리가 말을 걸어왔다.

세미롱 흑발에 햇볕에 잘 탄 건강한 피부. 슬렌더하고 탄탄한 몸에는 여분의 지방이 전혀 없었다. 여자 테니스부의 에이스이자 반의 마돈나 같은 존재인 히카리는 건방진 꼬맹이들을 둘러보고 말했다.

"흐음, 아리츠키는 여동생이 셋이나 있었네."

"아니야. 이 녀석들은 근처에 사는 건방진 꼬맹이들인데──"

"유우 오빠 친구야?"

미야가 물었다.

"음~, 셋 다 귀여워!"

히카리는 웅크리고 앉아서 인사했다.

"처음 뵙겠습니다, 시모무라 히카리입니다."

"자, 너희도 인사해."

""""처음 뵙겠습니다.""""

"그러고 보니, 시모무라는 집이 이 근처였나?"

동네는 같았던 걸로 기억하는데.

"아니, 지금부터 쇼핑하러 가던 참이야…… 그보다 아까부터 신경 쓰였는데, 그거 뭐야?"

히카리는 내가 안고 있는 상자를 올려다보며 고개를 갸웃거렸다.

"고양이야."

미야가 그렇게 말하자 시모무라의 눈빛이 변했다. 난 상자의 뚜껑을 열어 보여줬다.

"아, 치즈냥이다아. 어떻게 된 거야? 설마 버릴 생각이야?"

"반대야 반대. 아까 고양이를 주웠는데 우리 집에선 키울 수 없으니까 거둬줄 곳을 찾고 있는데──."

"흐음, 그럼 우리 집에서 키울게."

히카리는 시원스럽게 말했다.

"어? 괜찮아?"

"응, 우리 집 사람들은 전부 고양이를 좋아해서 한 마리쯤 늘어나도 전혀 문제없어."

히카리는 일어서서 스마트폰을 꺼내 전화를 걸었다.

"아, 엄마. 있잖아, 친구가 새끼 고양이를 주웠는데──"

그렇게 이야기가 척척 진행되어 갔다.

"괜찮대."

"괜찮은 거냐."

"아자."

"땡큐."

"감사합니다."

거둬줄 사람을 찾기 위해 돌아다닌 고생을 보답받은 기쁨 때문인지 건방진 꼬맹이들은 신나서 감사 인사를 했다.

"안내할게, 따라와."

"잘됐네, 유우 오빠."

미야가 내 허리를 팡팡 쳤다.

"유우 오빠라."

히카리는 빙긋 입꼬리를 올렸다.

"뭐야."

"사이좋구나 싶어서. 아리츠키, 아이랑 놀아주는 걸 좋아하는구나."

"아니, 좋아한다기보다는 이 녀석들이 멋대로 들러붙을 뿐인데──."

"유우 오빠는 로리콘이니까."

"……어?"

공기가 얼어붙었다.

"뭐? 야 잠깐만 마히루. 너 어디서 그런 말을……."

"……아, 아리츠키?"

히카리의 목소리가 딱딱해지고 눈에서 생기가 사라졌다. 그녀는 나에게서 한 발짝 거리를 벌렸다.

"아, 아니야."

"여자 친구를 안 만드는 게 이상하다 싶었는데, 그런 거였구나."

"그런 거 아니라고! 야, 너희들, 로리콘이라는 말의 뜻을 알고 말하는 거냐?"

"아이를 좋아하는 사람을 말하는 거잖아?"라는 미야.

"유우 오빠를 말하는 거잖아"라는 마히루.

"유우 오빠, 혹시 저희가 싫은가요?"라는 아사카.

아아, 진짜.

"……아리츠키?"

이 녀석들, 날 사회적으로 죽이고 싶은 건가?

뭐라고 설명해야 하지.

이 아수라장은 아랑곳하지 않고 상자 안에서 새끼 고양이가 야옹 하고 울었다.

*

그 후, 오해는 어떻게든 풀렸지만 고양이를 주웠을 뿐인데 이렇게 낭패를 당할 줄은 몰랐다.

건방진 꼬맹이는 볶고 싶어

1

우선은 잘 달궈진 프라이팬에 기름을 두른다.

그리고 니쿠카스*──돼지비계──를 부순 것을 볶는다.

지방의 고소한 냄새가 식욕을 돋운다.

니쿠카스가 바삭바삭해질 때까지 볶으면 다음은 큼직하게 썬 양배추를 투입해서 이것도 볶는다.

1분 정도 볶아서 적당히 익어 양배추가 부드러워지면 주인공이 등장한다.

양배추를 중앙으로 모아 둑을 만들고 그 위에 삶은 면을 벌여 놓는다. 노랗고 파슬파슬한 면이다. 거기에 바로 물을 더해 면에 물을 먹인다.

이 물의 양이 포인트인데 너무 많이 넣으면 식감이 망가져 버린다. 난 꼬들꼬들한 면을 좋아해서 아주 조금 더하는 정도다.

가게에서 볶을 때는 양배추로 면을 덮어 뜸을 들인다고 하지만, 난 그런 귀찮은 짓은 하지 않고 내 방식대로 만드는 게 가장 맛있다고 생각한다.

면 전체에 수분이 퍼지면 소스를 넉넉하게 뿌리고 재빠르게 섞는다. 치익치익 하고 소스가 눌어붙는 좋은 냄새가 피어오른다.

* 고기 찌꺼기라는 뜻이며 돼지비계에서 기름을 뽑고 남은 찌꺼기. 시즈오카현의 향토 요리인 후지노미야 야키소바에서 빼놓을 수 없는 재료다.

이제 접시에 담고 다시코*와 베니쇼가, 시치미 등의 양념을 취향에 맞게 더하면 완성이다.

"음~, 맛있겠네."

오늘은 가게의 정기 휴일이라 아버지와 어머니는 아침부터 드라이브 데이트를 하러 나갔다. 그래서 난 스스로 점심밥을 해야만 한다.

난 요리 같은 건 잘 안 하지만 야키소바는 다르다. 이 동네의 주민에게 야키소바를 볶는 것은 필수 과목이다.

자 그럼, 먹어볼까.

아무도 없는 가게 안.

카운터석에 자리를 잡고 야키소바를 입으로 가져갔다── 그 시간은 12시 5분.

"유우 오빠."

"유우 오빠."

"유우 오빠."

"어라? 닫혀있어."

"마히루, 오늘은 쉬는 날인 것 같네."

"그치만 저거 봐, 가게 안에 유우 오빠가 있어."

아사카가 창문에 얼굴을 가까이 대고 웃는 얼굴을 보여줬다.

시끄러운 녀석들이 왔구나.

난 이제부터 밥 먹어야 되는데.

---

* 말린 정어리를 갈아 가루로 만든 것. 김이나 훈연 고등어, 훈연 전갱이를 섞는 경우도 있다.

가게 앞에서 떠들고 있어도 곤란하니, 어쩔 수 없이 대응하기로 했다.

　"뭐야, 너희들. 지금 딱 좋을 때라고."

　"뭔가 좋은 냄새가 나"라는 미야.

　"이 냄새는…… 야키소바다."

　마히루가 말했다.

　가게 안에 건방진 꼬맹이들을 들여보내 줬다.

　"맛있겠다, 이거 유우 오빠가 만든 거예요?"

　"응, 맞아. 먹을래?"

　"먹을래."

　"먹을래."

　"먹을래요."

　먹이를 바라는 잉어처럼 입을 뻐끔거리는 건방진 꼬맹이 세 마리. 그 입에 야키소바를 한 입씩 넣었다.

　"맛있어～."

　"맛있어."

　"맛있어요."

　"유우 오빠 주제에 맛있잖아."

　"'유우 오빠 주제에'는 말할 필요 없잖아, 자."

　"맛있어～."

　"맛있어."

　"맛있어요."

　"핫핫하."

그렇게 기세를 타고 먹었더니,

"아, 이제 없어."

내 점심밥이 건방진 꼬맹이들의 뱃속으로 들어가고 말았다.

"너희들 전부 다 먹고 말이야, 내가 먹을 게 없어졌잖아."

"양배추가 남아있어."

"야채도 제대로 먹어."

"맛있었어요."

어쩔 수 없다. 한 사리 더 볶을까.

그렇게 부엌으로 가려고 하는 내 옷을 미야가 잡아당겼다.

"유우 오빠, 나도 만들고 싶어."

2

"손 씻었어?"

"씻었어."

"씻었어."

"씻었어요."

"좋아~, 그럼 지금부터 너희에게 야키소바의 비법을 전수하
겠다."

"""오~."""

건방진 꼬맹이들이 야키소바의 마을에 살면서 야키소바를 만
들어본 적이 없다고 해서 어쩔 수 없이 내가 아리츠키 유우류
야키소바 만드는 법을 가르쳐주기로 했다.

가르쳐주기는 해도 부엌칼은 절대로 못 만지게 할 것이고 불을 쓸 때도 기본적으로 내가 담당할 것이다.

우선은 프라이팬에 기름을 두른다. 불은 아직 켜지 않았다. 원래라면 프라이팬을 달궈두지만 건방진 꼬맹이들이 있어서 안전을 우선하기로 했다.

"자, 그럼 미야, 기름을 둘러줘."

주걱을 든 미야의 몸을 안아 올렸다.

"이렇게?"

"그래 그래, 골고루."

손놀림이 서투르긴 하지만 기름은 어떻게든 프라이팬 전체에 퍼졌다.

"그럼 다음은 마히루, 니쿠카스를 넣고 주걱으로 쪼개."

이번에는 마히루를 안아 올렸다.

"으랴, 으랴."

"그래 그래, 좋아, 너희들은 떨어져서 접시를 준비해줘."

여기서 드디어 불을 켜고 부순 니쿠카스를 볶았다.

"좋아, 그럼 아사카, 양배추를 넣어줘."

불을 끄고 아사카를 안았다. 아사카가 제일 가볍네.

"네, 넣었어요."

"좋아 좋아."

양배추가 프라이팬을 뒤덮었다.

"와~, 뭔가 벌써 좋은 냄새가 나기 시작했어."

미야가 코를 킁킁거렸다.

"유우 오빠, 나도 볶고 싶어."

"뭐어? 위험하니까 안 돼."

"볶고 싶어!"

"어쩔 수 없구만."

불을 끄고 다시 마히루를 안았다.

"자, 재빠르게 주걱을 움직이는 거야."

"으, 응."

"자, 꾸물거리면 타버린다."

"알고 있다니깐."

엄밀히 말해서는 안 볶고 있지만, 흉내라도 충분히 만족한 듯했다.

"다음은 나야."

"저도 하고 싶어요."

마히루를 내려놓자마자 미야와 아사카가 달려들었다.

"이, 이제 됐어?"

딸각딸각 하고 기분 좋은 소리가 났다.

"더 할래."

솔직히 이 녀석들을 장시간 안아 올리고 있으면 힘들고 허리가 아프다.

"유우 오빠, 다음은 저예요."

"나도 한 번 더 하고 싶어."

"……진짜냐."

이렇게 차례대로 양배추를 볶게 하고 다음 단계로 넘어가기까지 10분 정도의 시간이 걸렸다.

야키소바는 스피드가 생명인데.

"좋아, 그럼 면을 넣는다. 미야, 면."

"네."

가볍게 풀어서 면을 양배추 위에 얹었다.

"그러고 보니 여름방학 때 쿠마모토에 사는 할아버지네 집에 갔을 때 먹은 야키소바는 별로 맛없었어."

마히루가 생각났다는 듯이 말했다.

"뭔가 흐물흐물해서 씹는 맛이 없었어."

"컵 야키소바도 부드럽지."

미야가 동조했다.

몇 년 전에 전국적인 대회에서 우승해서 지역 활성화에도 이용된 이 마을의 야키소바는 탄력 있는 독특한 씹는 맛이 특징적이다.

태어난 이래로 쭉 이 야키소바를 먹어온 입장으로서는 우리가 먹어온 야키소바가 특수하다는 인식이 없다. 하지만 이 야키소바야말로 이 세상에서 가장 맛있는 야키소바라는 점은 인정하지 않을 수 없다.

"좋아, 물 넣는다. 미야, 컵에 물을 담아 와줘."

"호이."

미야는 컵에 수돗물을 절반 정도 따랐다.

"미야, 이러면 너무 많아. 좀 더 줄여."

"이 정도?"

"좀 더."

"엥~, 이러면 바닥에 쪼금밖에 안 깔리잖아."

"괜찮아, 양배추에서도 수분이 나오고 소스도 뿌리니까."

면에 물을 먹이고 한 번 더 볶았다.

그리고 마무리 소스다. 치익 하고 향긋한 냄새가 피어올랐다.

"냄새 좋다~."

"맛있겠다."

"맛있을 것 같아요."

불을 끄고 접시에 담았다.

"좋아, 다 됐다."

나는 건방진 꼬맹이들이 가게 쪽으로 가져가는 것을 곁눈으로 보면서 간단한 정리를 끝냈다.

이거야 원. 이제야 겨우 점심을 먹을 수 있다.

벌써 1시 전이잖아.

야키소바 하나 만드는데 이렇게 고생할 줄이야……

"……아!"

"맛있다~."

"난 요리 천재야."

"직접 만드니까 맛있네."

"너, 너희들, 전부 먹었냐?"

건방진 꼬맹이들에게 유린당해 접시 위에는 양배추와 니쿠카스의 잔해만이 무참하게 남겨져 있었다.

입가에 소스를 묻힌 건방진 꼬맹이들은 만족스러운 듯이 배를 문질렀다.

"좋아, 이제 놀자."

"미야, 오늘은 레이스 하는 거 하자."

"유우 오빠도 빨리 가요."

2층으로 뛰어 올라가는 꼬맹이들.

"저 녀석들, 보통 전부 다 먹나?"

난 녀석들이 먹다 남긴 양배추와 니쿠카스를 먹으면서 어떻게 복수해줄지 계속 생각했다.

*

결국 한 번 더 만들었다.

건방진 꼬맹이와 운동회

1

9월 하순. 가을도 점점 더 깊어지기 시작했다. 매미 소리가 멎고 거리를 수놓은 녹음은 퇴색되어 갔다. 여름이 떠나가는 이 시기, 아이들의 일대 이벤트가 개최된다.

마른 가을 하늘 아래, 빨간 모자를 쓴 아이들이 시끌벅적하게 교정을 돌아다녔다. 바깥 둘레에서는 보호자들이 사람의 벽을 만들고 자기 아이의 씩씩한 모습을 보려고 경쟁했다.

삼각 깃발로 장식된 놀이기구에 하얀 텐트. 소리가 약간 깨지는 방송석의 안내 방송. 가끔씩 울려 퍼지는 북 소리에 '천국과 지옥'의 경쾌한 선율.

　운동회다.

　그리운 광경이다.

　"이봐 유우, 잠깐 커피 좀 사 와줘."

　"탓쨩, 내 것도 사도 돼?"

　"그래, 뛰어서 갔다 와. 미야 차례까지 이제 3분 남았어."

　"오케이."

　탓쨩, 하루야마 타이치는 순서표를 둥글게 말아서 든 채 비디오카메라를 들여다보고 있었다. 다음 종목은 1학년의 댄스다.

　탓쨩은 미야의 친아버지이며 내 아버지의 취미(자동차) 친구이기도 하다. 그 인연으로 내가 어릴 때 자주 놀아줬다.

　금발에 거뭇거뭇한 피부, 맹금류 같은 날카로운 안광. 약간 불량한 아버지 같은 용모를 지니고 있지만, 근본은 착한 아저씨다.

　두 명분의 캔커피를 들고 탓쨩이 있는 곳으로 돌아왔다.

　"자, 탓쨩."

　"오오 땡큐, 아니 이놈아 둘 다 카페오레잖아. 난 블랙을 마시고 싶다고."

　"괜찮잖아, 어느 쪽이든 마셔."

　"둘 다 카페오레잖아."

　"탓쨩, 이제 시작한대."

　"나 참."

비닐로 만든 빨간 폼폼을 손에 들고 1학년들이 입장해서 운동장 중앙에 줄지어 섰다.

"미야는 어딨나…… 미야아아아아아아."

탓쨩은 비디오카메라를 들고 사람의 벽 속으로 돌입했다.

난 계단 위쪽으로 올라가 운동장을 내려다봤다. 작게 보이긴 해도 여기가 전체를 잘 볼 수 있다.

아, 미야다. 저기에는 마히루. 저게 아사카인가.

셋 다 서투르지만 움직임에 애교가 있어서 좋다. 셋 다 적군이다.

댄스가 끝나고 1학년들이 빠져나갔다. 다음은 6학년의 공 굴리기였나. 이건 딱히 안 봐도 상관없겠지.

난 교내를 걸었다.

6년 만에 온 모교.

여기저기서 돗자리나 접이식 캠핑 테이블이 보였다.

그건 그렇고 요즘 초등학교는 보호자와 관련된 사람이 아니면 운동회에도 들어올 수 없다고 한다. 하루야마 일가 사람과 같이 와서 입장할 수 있었다. 안뜰의 연못에 놓인 다리 위에서 카페오레를 마셨다.

그래, 저학년 때 자주 이 연못에 빠졌었지. 발걸음이 가는 대로, 마음이 가는 대로 교내 산책을 재개했다. 옛날과 똑같은 장소도 있는가 하면 놀이기구가 철거되거나 해서 바뀐 곳도 있었다. 무리도 아니다. 내가 졸업한 지 벌써 6년 가까이 됐으니까.

추억의 경치를 머릿속으로 떠올리면서 나는 단숨에 카페오레를 다 마셨다.

　이윽고 정오를 알리는 종이 울려 퍼졌다.

　"유우 오빠, 내 활약 잘 봤어?"

　체육복 차림의 미야가 주먹밥을 한입 가득 먹으면서 말했다.

　"그럼, 봤고말고. 줄다리기 도중에 힘을 주체 못 하고 뒤로 나자빠지는 걸 똑똑히 봤다고."

　"그건 안 봐도 된다고! 바보 바보."

　투닥투닥 때리는 미야를 무시하고 오후 프로그램을 확인했다. 1학년이 나오는 경기는 달리기 시합뿐인가.

　"잠깐 담배 피우고 온다."

　탓쨩이 귀찮은 듯이 일어서자 미쿠 씨가 바로 끼어들었다.

　"흡연장에서 피우고 와. 어딘지 알아?"

　"알고 있다고."

　미쿠 씨가 직접 만든 도시락을 먹고 있으니 뒤에서 익숙한 목소리가 들렸다.

　"어~이, 미야."

　"아, 유우 오빠도 있어."

　마히루와 아사카가 함께 왔다.

　"오, 애들아."

　"보러 와준 건가요?"

　아사카가 등에 안겨 왔다.

　"어땠어요?"

　"춤 멋졌어."

"에헤헤, 많이 연습했어요."

"저기서 놀자."

나는 마히루에게 손을 이끌려 일어섰다.

"미야, 이제 됐어?"

미쿠 씨가 물었다.

"응, 잘 먹었습니다~."

뒤뜰에서 놀기로 했다. 그건 그렇고 이 녀석들, 오전에 그렇게나 움직였는데 용케도 체력이 있네. 점심엔 휴식이나 하면 되는데.

난 놀이기구에서 노는 셋을 지켜보면서 물었다.

"너희들 이제 달리기만 남았나. 1학년은 선발 릴레이에는 안 나가지."

"홋홋후, 유우 오빠, 잘 보고 있으라고. 난 반에서 제일 빠르다고."

"호오."

"남자보다 빠르다니까."

마히루는 자신만만하게 얇은 가슴을 폈다.

확실히 마히루는 운동 신경이 좋다. 마히루는 오전 경기에서도 좋은 성적을 거뒀다.

"어디 한번 보자고. 참고로 난 6학년 때 선발 릴레이 선수였거든."

"유우 오빠 주제에 건방지네."

"뭐라고?"

아사카가 끼어들었다.

"마히루, 열심히 해."

"그래."

"아사카도 열심히 해."

"전 반에서 제일 느려서⋯⋯."

"느려도 제대로 응원하고 있을 테니까 열심히 뛰고 와."

"네!"

"유우 오빠, 나는?"

"미야도 열심히 해."

"응."

건방진 꼬맹이들은 의욕이 솟아났는지 한층 더 격하게 놀이기구 속을 뛰어다녔다.

⋯⋯체력 안 아껴도 괜찮은가, 이 녀석들.

2

적백 양군의 응원단이 펼치는 응원전도 끝나고, 드디어 오후부가 개막했다.

'다음은 1학년의 달리기 시합입니다.'

안내 방송이 울렸다.

골 부근의 베스트 포지션을 확보한 나는 세 명의 등장을 기다렸다.

제1진에는 미야의 모습이 있었다. 세미롱 갈색 머리카락을 포

니테일로 묶고 기합이 잔뜩 들어가 있었다.

이윽고 신호용 총이 메마른 파열음을 냈고, 달리기가 시작됐다. 1학년들이 모래 먼지를 일으키며 일제히 뛰기 시작했다.

미야, 힘내.

아, 아아. 안 되나.

미야는 말괄량이인 주제에 운동 신경이 그리 좋지 않다. 내가 마음으로 보낸 성원도 덧없게, 갈팡질팡하는 사이 역전당했다.

미야는 6명 중 5위라는 결과를 얻었다. 골인한 미야는 내 존재를 알아차렸는지 부끄러운 듯이 손을 작게 흔들었다. 엄지를 척 세워주니 빙긋 미소 지었다.

아사카 조의 차례는 세 번째였다.

아사카는 긴 흑발을 흩날리며 필사적으로 달렸다. 보폭도 컸고, 솔직히 상당히 느리고 형편없는 달리기였지만 다른 아이도 그렇게 빠르지 않아 4위로 들어왔고 잘 싸웠다. 골인한 후에 아사카도 내 존재를 알아차렸는지 순위별 줄에 서기 전에 이쪽으로 달려왔다.

"유우 오빠, 해냈어요."

"열심히 했네."

"에헤헤."

머리를 쓰다듬어주자 아사카는 만족스럽게 돌아갔다.

다섯 번째 조, 드디어 마히루의 차례다.

출발할 때부터 단숨에 선두로 치고 나온 마히루는 후속 주자와 거리를 쭉쭉 벌렸다.

역시 빠르구나.

건방진 꼬맹이들 중에서 운동 신경이 가장 좋은 마히루답다.

뭐랄까, 달리는 법을 잘 알고 있다는 느낌이다. 팔을 똑바로 흔들면서 자세도 흐트러지지 않았다. 다른 아이들이 자기 힘에 몸을 맡기고 달리는 것과 비교하면 그 센스의 차이를 엿볼 수 있었다.

여유롭게 1등 하겠네. 큰소리칠 만하다.

골 지점까지 몇 미터 안 남았을 때, 사건이 일어났다.

"앗."

속도가 너무 붙어 몸이 너무 앞으로 기울어져 있었는지, 아니면 뭔가에 발이 걸렸는지 마히루는 넘어지고 말았다.

술렁이기 시작했다.

달리기 시합에서 설령 1초라도 손실이 생기면 결과는 크게 바뀌고 만다. 마히루가 일어나기까지 몇 초 사이에 뒤따라오던 아이들은 계속해서 그녀를 앞질러 갔다.

마히루는 6명 중 6위라는 결과를 거뒀다.

＊

"이제 그만 기운 내라니깐."

"……."

"사고 같은 거야. 어쩔 수 없어."

운동회 다음 날이다. 마히루는 아침부터 내 방에 놀러 온……

주제에 계속 침대에 앉아 풀이 죽어 있었다.

"아니야, 그건 내 진짜 힘을 보여준 게 아니야."

까진 무릎에는 반창고가 붙어있었다.

"제일 빨랐다는 건 알고 있으니까. 응? 운이 안 좋았을 뿐이야."

"난, 빠른걸."

눈물을 글썽이며 코맹맹이 소리를 냈다.

"내가, 제일 빨랐어."

이 건방진 꼬맹이는 그 말을 하기 위해서 이른 아침부터 온 건가.

자신만만했던 만큼 충격도 클 것이다. 특히 원인이 실력이 아니라 뜻밖의 사고이기 때문에 더더욱 분하겠지.

정말 손도 많이 가네.

난 마히루를 가슴에 안았다.

"열심히 뛰는 모습은 잘 보고 있었어."

"하지만, 꼴찌였어……."

마히루는 내 옷을 잡고 눈물에 젖은 얼굴을 밀어붙였다.

"처음에 전부 따돌릴 정도로 빨랐던 것도 보고 있었고, 넘어져도 힘내서 일어나려고 하는 모습도 봤어."

"……."

"그렇게 분하면 다음 운동회에서 1등을 해봐. 아니면 뭐? 자신 없어?"

그렇게 도발하자 마히루는 발끈한 표정을 보여줬다.

"으아~, 해내겠어. 내년에야말로 1등이다."

"헹~, 할 수 있을까?"

"할 수 있어!"

평소대로의 기운이 돌아왔다.

마히루는 눈물을 닦고 일어섰다.

"좋아, 유우 오빠, 내년을 기대하라고."

1

"최, 최악이야."

책상에서 창문 밖을 바라보면서 난 무거운 한숨을 쉬었다.

진한 쥐색 하늘에서 심할 정도로 빗방울이 쏟아지고 있었다. 땅은 질퍽거리고 물웅덩이가 곳곳에 생겨나 있었다. 우중충한 분위기가 더 강해져 내 마음은 장맛비가 내리는 하늘 이상으로 어두침침했다.

아침의 일기예보에서는 하루 종일 맑다고 했는데. 아침엔 이 시기치고는 드물게 투명하고 파란 하늘이 펼쳐져 분위기도 비교적 산뜻했다.

하지만 점심 무렵부터 날씨가 이상해졌고, 하교 전 홈룸 직전이 되어서 쏟아지기 시작한 것이다.

"좀 더 버텨달란 말이야."

집에 가기 직전에 이건 아니지.

오늘은 모처럼 부활동도 쉬는 날인데.

"하아."

눈치 빠른 분은 내가 왜 이렇게까지 기운이 없는지 알 것이다.

요컨대, 우산을 잊어버린 것이다.

가랑비 정도라면 조금은 젖어서 돌아가도……아니, 안 된다. 하복이라서 속옷이 비쳐 보인다.

어쩔 수 없다. 이런 상황에는 엄마한테 전화해서 데리러 와달라고 하자.

"아, 여보세요?"

"왜? 언니."

받은 사람은 미소라였다.

"미소라? 엄마 바꿔줘."

"엄마라면 장 보러 갔어."

"에에! 같이 없어? 하지만 스마트폰⋯⋯."

"이거? 이건 잊어버리고 집에 두고 간 것 같아."

"말도 안 돼."

아무리 그래도 초등학교 3학년인 미소라에게 고등학교까지 우산을 가져와 달라고 부탁할 수는 없다.

"언니 혹시, 우산 안 가져갔어? 푸푸풉. 바보네."

"시, 시끄러. 엄마는 언제쯤 장 보러 갔어?"

"10분 정도 전이려나. 아마 1시간은 안 오겠지."

"에에, 정말."

이 무슨 일인가.

엄마가 돌아올 때까지 학교에서 시간을 때우자. 미스연 부실에서 독서라도 하고 있으면 한두 시간은 금방이다. 게다가 학교에서 비를 피하는 동안 비가 뚝 그칠지도 모른다.

그렇게 난 미스연의 부실로 향했다.

비는 그칠 기색을 눈곱만큼도 보여주지 않고 완급 없이 주룩주룩 계속 쏟아졌다.

교실에서 독서를 시작한 지 30분 정도 지났을 때, 갑자기 전화가 걸려왔다. 엄마한테서다.

"여보세요?"

"아, 언니?"

"뭐야, 또 미소라인가."

"뭐야가 뭐야. 사람이 모처럼 우산을 보내줬는데."

"어? 미소라, 우산 가져와 준 거야?"

"응. 아마 슬슬 도착할 때니까 출입구에서 기다리고 있어."

"고마워."

아아, 어쩜 이렇게 언니를 생각해주는 걸까.

평소의 건방진 꼬맹이 같은 모습이 거짓말 같다.

이런 빗속을 걸어왔으니 분명 추웠을 것이다.

집에 가는 길에 편의점에서 과자라도 사주자.

"우후후."

난 재빠르게 정리를 끝내고 출입구로 서둘러 갔다.

거기서 기다리길 몇 분.

회색 우산을 쓴 사람이 출입구 쪽으로 다가왔다. 복장을 보면 학생은 아닌 것 같다. 선생님이거나 직원일 것이다.

"추워라."

비 때문에 기온이 내려갔는지 피부를 쓰다듬는 바람이 차가웠다.

미소라는 아직인가. 감기 안 걸렸으면 좋을 텐데.

아까부터 시야에 들어온 회색 우산을 쓴 남자는 어째서인지

내 쪽으로 다가왔다.

　……응?

　저건, 혹시,

　"오, 미야. 기다렸어?"

　"유우 오빠?"

　검은 티셔츠에 색이 바랜 청바지. 발치는 홀딱 젖어있어서 오랫동안 빗속을 걸어왔다는 걸 한눈에 알 수 있었다.

　"왜, 왜 유우 오빠가……."

　"미소라가 가라고 해서."

　"미, 미소라가?"

　"그 왜, 전에 산 미스터리 신간, 너한테 빌려주려고 집에 갔는데 네가 아직 안 와서 말이야. 마침 내가 왔을 때쯤에 우산을 잊어버리고 갔다는 전화가 왔고, 그래서 미소라가 데리러 가라고 해서."

　그렇구나, 그렇게 된 거구나.

　미소라…… 나이스!

　"그, 그렇구나, 미안해."

　"괜찮아."

　방금까지 쌀쌀했는데, 왠지 몸 안쪽에서부터 따뜻해지기 시작했다. 우중충한 비도 유우 오빠와 같이 집에 갈 수 있다면 오히려 정취가 있다.

　마치 세상이 내 편을 들어주고 있는 것 같다.

　"자."

유우 오빠가 핑크색 접이식 우산을 건넸다.

"고마워."

"근데 넌 여전히 덜렁이구나. 장마철에 우산을 안 가져가다니."

"정말, 시끄러."

커버를 벗기고 접힌 우산을 펼쳤다.

"어라……."

펼쳐진 것은 몇 군데나 구멍이 뚫리고 골조가 부서져 가는 낡은 우산이었다.

이런 우산을 쓰고 이 빗속을 걸으면 어떻게 될는지.

"아~, 망가져 있네."

"이, 이거, 미소라한테 받은 거야?"

"커버가 씌워져 있어서 미소라도 몰랐던 것 같네."

"하하하……."

그렇다면 우산은 유우 오빠가 쓰고 있는 것밖에 없다.

둘이서 하나의 우산을 써서 비에 젖지 않고 돌아가기 위해서는…….

"……."

"……."

그 건방진 꼬맹이, 노렸구나!

＊

난 유우 오빠에게 바싹 붙어서 빗속을 걸었다.

어른 두 사람이 직경 1미터 정도의 원 안에 들어오기 위해서는 꽤 밀착해야만 한다.

이래서는 꼭 커플 같잖아.

어릴 때는 자주 우산을 같이 썼는데, 난 엄청 긴장하고 있었다. 아무것도 신경 쓰지 않았던 어릴 적의 내가 부럽다.

"왠지 점점 더 세지고 있네~."

"그렇네."

유우 오빠는 평소와 다름없는 멍~한 표정 그대로다. 나만 의식하고 있는 건가?

역시 유우 오빠한테 난 아직 아이인 걸까.

"미야, 어깨 젖겠다. 좀 더 이리로 와."

"으, 응."

한층 더 거리가 좁혀져 유우 오빠의 냄새가 코를 간질였다.

옛날부터 정말 좋아한 변함없는 냄새.

"왓."

앞에서 온 차가 물웅덩이의 물을 튀겨서 우리는 우산을 방패로 삼아 길 가장자리로 붙었다.

유우 오빠의 가슴에 얼굴이 딱 붙었다.

"……!"

"위험해라. 안 젖었어?"

"응, 괜찮아."

"엉? 왜 그렇게 히죽거리는 거야?"

"아무것도 아니거든~."

"?"

"빨리 가자."

"그래."

난 가벼운 발걸음으로 한 걸음 내딛었다.

유우 오빠의 심장도, 쿵쿵 뛰고 있었으니까.

2

비가 쏟아지든 창이 쏟아지든 배구 연습에 큰 영향은 없다. 널찍한 체육관 안에서 여자 배구부원들은 열심히 연습에 힘쓰고 있었다.

휴식 중에 부원 한 명이 갑자기 이런 이야기를 꺼냈다.

"있잖아, 마히~. 너 남자 농구부 하마모토 알아?"

"하마모토…… 아아, 6반 녀석이지?"

"맞아 맞아, 하마모토가 말이야, 너한테 관심이 간다고 했대."

"아, 그러셔."

진심으로 아무래도 상관없다.

"대답이 건성이네…… 여전히 반응이 별로야. 하마모토 멋지고 재밌는데."

"아니, 얘기해본 적도 없는데."

"나 같은 반인데 소개해줄까?"

"아냐, 됐어."

남자는 이놈이고 저놈이고 얼굴보다 먼저 가슴만 보는 놈들뿐이라서 지긋지긋하다. 가능하다면 내가 먼저 다가가고 싶지는 않다.

"그보다 말이야~, 왜 남자 친구 안 만드는 거야? 그 모양이니까 철벽성녀라는 중2병스러운 별명이 붙는 거라구."

"……그, 지금은 부활동이 바쁘니까."

"흠~, 그럼 지난번 연습 시합 때 응원하러 온 아저씨는?"

"흐엑, 왜, 왜 그런 옛날 일을 갑자기──."

"너무 티 나잖아!"

"그, 그 사람은 옛날에 신세 진 오빠 같은 사람이지, 아직 그런 사이 아니야."

"아직, 말이지."

"뭐, 뭐야."

"뭐, 그런 걸로 해둘까."

부활동이 끝난 뒤, 병설된 샤워실에서 땀을 잘 씻은 후에 돌아갔다. 〈문 나이트 테라스〉에 들르자 미야와 유우 오빠가 마침 밖으로 나오는 참이었다.

"아, 마히루. 부활동 끝나고 오는 길이야?"

"맞아, 어라, 어디 가?"

"밥이라도 먹으러 갈까 해서. 마히루도 갈래? 사줄게."

유우 오빠는 내 눈을 지그시 바라봤다. 언제나처럼 태평한 눈이다.

"물론이지. 부활동이 끝나고 아무것도 안 먹어서 배가 고프단 말이지."

유우 오빠의 팔에 내 팔을 얽었다.

"야, 야, 마히루, 밖에서 너무 붙지 마."

"뭐야? 집 안에서라면 괜찮은 거야?"

"그런 거 아니거든. 그림이 불건전하다고."

유우 오빠는 말은 그렇게 하면서도 억지로 뿌리치려고 하진 않았다. 미야가 뭔가 말하고 싶은 듯이 날 째려봤다.

"그보다 빨리 가자. 연습하느라 지쳐서 배고파."

부활동을 끝내고 오는 길이라 식욕 최대다.

"그렇네. 어디가 좋아? 둘 다."

"유, 유우 오빠, 난 어디든 좋으니까 무한 리필 되는 곳으로 가는 편이 좋을 거야. 지금의 마히루는 아마 10인분 정도 먹을 테니까."

"그, 그렇네."

"뭐야 미야, 내가 대식가인 것처럼 말하네. 아무리 그래도 10인분은 무리라고."

"대식가잖아."

"그럼 고기 먹으러 갈까"라고 말하는 유우 오빠.

"아자."

"괜찮아? 유우 오빠."

미야가 걱정스럽게 물었다.

"무한 리필인 곳이라면 괜찮겠지. 미야도 마히루도 사양할 필요 없어."

그리고 우리는 걸어서 고깃집으로 향했다.

"그러고 보니, 아사카는 어떻게 지내고 있을까."

도중에 유우 오빠가 누구에게랄 것도 없이 그렇게 말했다.

"우리랑 똑같이 지금부터 밥 먹지 않을까?"

"기숙사 생활은 동경하게 되지."

"아사카가 다니는 학교는 아가씨 학교니까. 미야처럼 태평한 녀석은 못 따라간다고."

"아, 안 태평하거든."

"하하핫."

"유우 오빠, 뭘 웃는 거야."

"아니, 옛날 생각이 나서."

멀리 있는 경치를 바라보듯, 유우 오빠는 눈을 가늘게 떴다.

"너희가 시끌벅적하게 떠드는 걸 보고 있으면 그때의 기억이 되살아나."

그때―― 우리가 아직 초등학교 1학년이었던 정말 얼마 안 되는 시간. 1년도 안 되는 유우 오빠와의 추억의 시간은 우리 세 명의 보물이다.

3

'저기, 유우 씨.'

'왜?'

유우 오빠는 웅크리고 앉아 나와 시선을 맞춰줬다.

긴장해서 목소리가 작아졌다.

'저기…… 저도, 유우 오빠라고 불러도 될까요?'

난 불안에 가슴이 답답해져 고개를 숙였다. 유우 오빠는 그런 나의 머리를 부드럽게 쓰다듬어줬다.

'되지. 그보다, 마히루는 만난 날부터 그렇게 불렀는데. 아사카는 언제 그렇게 불러줄지 기다리고 있었다고.'

눈앞에 빛이 펼쳐지는 듯한 기분이었다.

'에헤헤, 유우 오빠.'

유우 오빠는 안기는 나를 안고 일어섰다.

따뜻한 바람을 타고 정오를 알리는 종이 울려 퍼졌다.

"하아."

정말 좋은 기분.

난 행복감에 휩싸여 눈을 떴다.

창문으로 비치는 아침 해를 받아 방 전체가 왠지 포근해서 기분 좋았다.

오늘은 장마철인데 맑은 모양이다.

머리맡에 손을 뻗어 안경을 썼다.

아무것도 아닌 행동을 할 뿐인데 표정이 풀어졌다.

"우후후."

마음이 들뜨는 느낌마저 들었다. 아까까지 있었던 꿈속 세상 덕분이다.

나의 회색 일상 속 유일한 즐거움은 꿈을 꾸는 것이다.

운이 좋으면 어린 시절의 꿈을 꿀 수 있기 때문이다. 아무리 돈을 내도, 아무리 노력을 거듭해도 아이로는 절대로 돌아갈 수 없다.

시간의 흐름은 되돌아가지 않는다.

그것은 이 세상의 진리, 절대적인 룰이다.

하지만 꿈속에서라면, 하룻밤의 환상 속에서만이라면 그 시절을 간접적으로 체험할 수 있다.

난 방금 꾼 어린 시절의 꿈을 되새기면서 몸단장을 했다.

처음으로 '유우 오빠'라고 불렀던 때였다. 내 추억 중에서 가장 아름다운 그 여름날…… 정말 기분이 좋다.

식당에서 아침을 먹고 있으니 맞은편에 있는 친구가 날 물끄러미 보았다.

"어라? 겐도지 씨, 엄청 기분 좋아 보여."

"후후, 그런가요?"

"응, 좋은 일이라도 있었어?"

"네, 정말 기쁜 일이……."

"에~, 뭐야? 아침 별자리 운세가 1위였다거나?"

"후후, 비밀이에요."

난 꿈속에서 그 사람이 쓰다듬어준 감촉을 떠올리면서 오늘 하루를 행복하게 지냈다.

그날 밤. 오후 10시.

또 어린 시절의 꿈을 꿀 수 있게 해주세요, 라고 빌면서 가슴에 기대를 품고 침대 속으로 들어갔다. 스마트폰의 착신음이 눈을 감으려는 날 붙잡았다. 늦은 시간이라 할 정도는 아니지만 누구일까.

보니까 화면에는 '하루야마 미야'라는 글자가.

"미야?"

"아, 아사카~?"

"무슨 일이야?"

"아니, 그냥 아사카 목소리가 듣고 싶어져서. 지금 뭐 하고 있었어~?"

"이제 자려고 하던 참이었어."

"그렇구나, 미, 미안."

"아냐, 괜찮아."

그리고 우리는 두서없는 이야기를 했다.

"그러고 보니, 아사카, 주말에는 올 거지?"

미야의 목소리가 들떴다. 주말에 있는 것이라 하면 그녀의 생일. 가슴속에 차가운 아픔이 퍼져갔다.

"올해는 유우 오빠도 있으니까, 다 같이——"

"미안해."

"어?"

"미안해, 미야. 올해는 좀 바빠서 시간적으로도 어려울 것 같아서, 그래서…… 못 갈 것 같아."

"에엣! 그, 그래?"

미야의 목소리가 가냘파졌다.

"정말 미안해."

"그렇구나, 괜찮아…… 아하하."

"미안해."

이걸로 된 거다. 난 스스로를 타일렀다.

"미안해, 미안해……."

4

6월 23일, 금요일.

"저, 저기, 하루야마, 이거."

"아, 고맙…… 습니다."

반에서 별로 이야기한 적 없는 남자에게 작은 상자에 담긴 과자를 받았다. 고급스러워 보이는 포장이다.

"하루야마, 잠깐 괜찮을까?"

"네?"

얼굴을 빨갛게 물들인 남자가 말을 걸어왔다. 분명 옆 반 아이다. 1학년 때 같은 반이었지만 특별히 사이가 좋았던 건 아니다.

날 빈 교실로 불러내서 검고 길고 가느다란 상자를 건넸다.

"어? 어어??"

그는 진지한 목소리로 말했다.

"내 마음, 받아줄래?"

"마, 마음이라니."

그는 씨익 웃고 그 상자를 열었다. 안에는 반짝반짝 빛나는 하트 모양 목걸이가. 이거 분명 고등학생에게 인기 있는 브랜드에 값이 꽤 나간다고 들은 적이……

"생일 축하해, 물론 모레지만. 넌 나의 천사야. 괜찮으면 나랑

사귀어——"

"그, 그, 그런 건 받을 수 업셔요. 앗."

극도의 충격과 긴장으로 인해 혀가 꼬이고 말았다. 난 교실에서 뛰쳐나갔다.

"잠깐, 나, 포기 안 할 거라고."

"곤란해요오."

"앗, 하루야마, 잠깐 괜찮을까?"

"에?"

"하루야마 씨."

"하루야마."

"하루야마 씨——."

쉬는 시간마다 말을 걸어와서 전혀 쉴 수 없었다.

＊

모레, 6월 25일. 내 생일이다. 그날이 일요일이라 평일의 마지막 날인 오늘, 여러 사람이 나에게 선물을 줬다. 개중에는 받기 꺼려지는 귀중한 것도 있었지만.

1년에 한 번 나만이 주역이 될 수 있는 날…… 이지만, 다른 사람에게 주목을 받는 것은 속이 쓰려서 질색이다.

친한 사람만 축하해줘도 괜찮은데.

저런 식으로 많은 남자들에게 선물을 받으면 그렇게 친하지 않은 여자들이 날 차가운 눈으로 보게 된다.

"너, 올해도 굉장하네. 역시 철벽성녀야."

세이나는 산처럼 잔뜩 쌓인 생일 선물을 내려다보면서 어이가 없다는 듯이 말했다.

"이야, 솔직히 이렇게 받을 줄은."

"토가미의 생일도 대단했대."

"아, 유우히의 생일 때는 소형 트럭의 짐칸이 가득 찼다고 소문으로 들었어."

"역시 철벽성녀님이야. 너도 트럭 정도는 가득 채워봐."

"딱히 경쟁하는 거 아니거든."

"그건 그렇고, 이건 내가 주는 거야. 너 이런 거 좋아하지."

세이나는 그렇게 말하며 개별 포장된 막과자를 책상에 놓았다.

"자, 장수풍뎅이 젤리."

"바보 취급하는 거야?!"

"농담이야. 이게 진짜."

내가 좋아하는 추리소설 작가의 신간이다.

"와아, 고마워."

"마침 어제가 발매일이었으니까, 타이밍이 좋았어."

"와~, 고마워, 세이나."

그리고 이틀 후인 6월 25일 밤, 우리 집에서 생일 파티가 열렸다.

가족 외에도 유우 오빠와 마히루도 불렀다. 당연히 아사카도 불렀지만 어째 올해는 학업이 바쁜 모양이라 얼굴을 비칠 수 없을 것 같다고 한다. 정말 아쉽다.

나 이외의 모든 사람이 생일 축하 노래를 불러줬다. 고3이나 돼서 이런 건 왠지 낯간지럽지만 나쁜 기분은 안 든다.

그래도 초의 불을 끄는 건 부끄러울지도.

18개 딱 맞게 늘어선 초에 바람을 불자 모두가 폭죽을 터뜨렸다.

경쾌한 파열음과 '생일 축하해'라는 목소리가 거실에 울렸다.

엄마가 케이크를 나누기 시작했다.

"에엣, 아사카는 안 오는 거야?"

미소라가 볼을 부풀렸다.

"……바쁜 것 같아."

"쳇~."

전화로 이야기했을 때, 아사카는 몇 번이나 미안하다는 말을 반복했다. 가족이나 마찬가지인 친한 사람만 모이는 생일 파티. 이 광경 속에 아사카가 있었다면 얼마나 기뻤을까.

하지만 아사카에게는 아사카의 사정이 있으니 어쩔 수 없다.

이제 아이가 아니니까 떼쓸 수는 없다.

"자, 미야."

마히루가 포장된 봉투를 건넸다. 안을 보니 고양이를 모티브로 삼은 샌들이었다.

"와아, 귀엽다. 고마워."

마히루는 부활동이 끝나고 돌아오는 길에 들렀는지 항상 입는 운동복 차림이었다.

"올해는 유우 오빠가 있으니까. 여름엔 다 같이 여기저기 가자."

"그렇네."

"그래, 맡겨둬."

유우 오빠는 케이크를 한입 가득 먹으면서 엄지를 세웠다.

"차를 사면 여러 곳에 데리고 다녀줄 거니까. 각오해두라고."

"이봐 유우, 슌 씨한테 들었어. 스포츠카 산다면서."

"어? 탓쨩, 아직 어떤 차를 살지는 안 정했다니깐."

유우 오빠는 어릴 때부터 내 아빠—— 하루야마 타이치와 친분이 있는지 아빠를 탓쨩이라 부른다.

"있잖아, 아저씨끼리 쨩이라는 호칭 붙이는 거 기분 나쁜데."

미소라의 신랄한 일격이 들어가 분위기가 확 달아올랐다.

아빠는 유우 오빠를 안쪽의 소파로 끌고 가 맥주를 마시면서 스포츠카에 대한 강의를 시작했다.

"남자애네"라고 말하며 엄마가 미소 지었다.

"미소라는 언니한테 뭐 선물했어?"

마히루가 무릎 위에 앉은 미소라에게 물었다.

"응, 딸기향 나는 지우개."

"……하하하."

그 후 내가 어렸을 때의 홈 비디오를 보거나 다 같이 비디오게임 대회 등을 하거나 해서 정말 즐거운 생일이 되었다.

올해는 10년 만에 유우 오빠의 축하를 받을 수 있었지만, 그 대신 지금까지 참가해준 아사카가 결석하고 말았다.

그게 마치 **교대**처럼 느껴지는 건 분명 내 기분 탓일 것이다. 유우 오빠가 돌아온 대신 이번에는 아사카가……

그런 일은 있을 리가 없는데.

모처럼의 생일에 이상한 생각을 하고 말았다.

아사카도 학교 일이 정리되면 이쪽에 얼굴을 내밀 것이다.

올해는 유우 오빠도 돌아왔으니, 다시 넷이서 같이 있을 수 있겠지.

분명 그럴 것이다.

＊

"유우 오빠, 그렇게 마셔도 괜찮아?"

마히루가 물이 든 컵을 유우 오빠에게 건넸다.

"땡큐~. 괜찮아. 그보다 자, 미야."

얼굴이 완전히 빨개진 유우 오빠가 작은 상자를 건네줬다. 손끝이 살짝 떨리고 있었다. 아빠가 분위기를 타서 술을 너무 많이 먹인 모양이다.

"생일 축하해."

"고마워. 열어봐도 돼?"

"그래."

10년 만에 받는 유우 오빠의 생일 선물.

안을 확인하니, 거기에는 초승달이 반짝이고 있었다.

"이거, 머리핀?"

끝부분에 금색의 작은 초승달이 달린 데다, 10년 전에 받은 어린이용 머리핀과는 느낌이 다른 질 좋은 물건이었다.

"액세서리 샵을 돌아다니다가 느낌이 딱 와서. 반드시 미야한 테 어울릴 거라 생각했어. 10년 전이랑 똑같아서 재미는 없지만……."

"그렇지 않아, 기뻐."

"그럼 다행이야."

바로 꽂아봤다.

"어때?"

"잘 어울려."

"좋네, 미야."

"에헤헤."

"그렇게 작았던 네가, 벌써 18살이구나……."

"그때의 유우 오빠랑 같은 나이네."

"……그렇네. 그때는 정말 엉망진창이었지."

"그, 그래?"

"너희들 때문에 내가 얼마나 수상한 사람 취급을 받았는지."

"그, 그랬나? 마히루."

"그, 그런 일도 있었던 것 같기도 하고……."

마히루와 눈을 맞추고 시치미 떼는 표정을 지었다.

"뭐야, 잊어버린 거냐? 처음엔 그래, 너희가 빈집에서——"

그때 인터폰이 울렸다.

이런 시간에 누굴까?

난 서둘러 현관으로 갔다.

"네~."

문을 여니 거기서 기다리고 있던 것은──.

"아, 아사카!"

아사카였다.

*

"아사카라고?"

미야의 목소리가 들려왔다. 안 온다는 연락을 받았다고 했는데, 설마 올 줄은 몰랐다.

"읍……."

난 힘차게 일어나려고 했지만 비틀거리고 말았다. 꽤나 취한 것 같다. 옆에 있던 마히루가 부축해줬다.

"수, 술기운이 올라와."

"유우 오빠, 위험하다니깐."

"미, 미안…… 마히루."

10년 만에 보는 아사카.

얌전한 주제에 주위 사람의 눈을 신경 쓰지 않고 착 달라붙는 건방진 꼬맹이. 그 외로움을 잘 타는 어리광쟁이는 어떻게 컸을까. 기대감에 가슴이 부풀어 올랐다.

"어이쿠."

마히루의 부축을 받으며 시간을 들여서 현관까지 마중을 나갔지만, 거기엔 미야 혼자만 있었다.

"어라? 아사카는……."

"돌아가 버렸어. 내일 학교에 가야 한다면서 선물만 주러 일부러 와준 거래."

미야는 정성스럽게 포장된 작은 꾸러미를 손에 들고 들떠있었다.

"잠깐이지만 생일에 아사카를 볼 수 있어서 다행이야."

"나도 보고 싶다고."

밖으로 뛰쳐나갔다.

"아사카아!"

마침 택시가 멀리 있는 모퉁이에서 좌회전해서 가는 참이었다.

밤의 어둠에 브레이크등의 빨간 잔광이 녹아들어 사라졌다.

"뭐 받았어? 미야."

마히루가 미야의 손을 주시했다.

"잠깐만."

아사카가 선물한 것은 단풍잎을 본뜬 브로치였다.

*

이걸로 됐다.

직접 미야의 생일을 축하해줘서 다행이다.

만약 응대한 사람이 유우 오빠였다면 난 분명 선물을 내던지고 도망쳤을 것이다.

이걸로 된 거다.

내 추억은 지켜졌다.

창문을 보니, 거기에 비친 자신과 눈이 맞았다. 아무래도 비가 내리기 시작한 모양이다. 창문에 물줄기가 보였다.

어릴 적에 정말 좋아했던 애니메이션의 주연 성우가 중병을 앓아 긴 투병 끝에 작년 말에 천국으로 여행을 떠났다.

정말 슬펐지만 마음 한구석에는 안심하는 자신도 있었다.

다행이다.

이로써 그녀는 아름다운 추억인 채로 있어준다. 신중하지 못한 발언이나 스캔들로 논란이 터질 걱정도 없다.

추억을 수놓는 소중한 존재로 있어준다.

다른 사람의 부고를 접하고 그런 식으로 생각하는 난 정말 꺼림칙한 사람일 것이다.

추억은 아름다운 그대로 있었으면 한다.

내가 이렇게 생각하게 된 건, 어머니가 한 말이 계기였다.

그건 7년 전 내가 막 초등학교 5학년이 된 봄 중반 무렵의 일이었다.

친할아버지는 치매를 앓고 있었고, 내가 철이 들었을 때부터 그런 조짐이 있었다. 증상은 해마다 심해져 내가 5학년이 될 무렵에는 밤중에 소란을 피우거나 배회하는 일이 많아졌다.

밤중에 집에서 훌훌 뛰쳐나가거나, 이웃 주민과 마찰을 빚거나, 집 안에서 아이처럼 날뛰거나……

그런 할아버지의 뒤치다꺼리는 어머니의 역할이었다. 가혹한 변호사 일을 그만두고 자유로워진 것도 잠시, 어머니는 가정부들과 함께 할아버지 간호에 쫓기게 되었다.

대형 의료기기 메이커의 명예 회장인 할아버지를 양로원이나 요양원으로 쫓아내는 건 '겐도지가'와 '회사'가 허가하지 않아, 할아버지가 문제를 일으키면 주위에 머리를 숙이는 매일.

그 때문에 스트레스를 받았던 거겠지.

'빨리 죽어줘.'

어느 날 아침, 어머니가 세면대에서 그렇게 중얼거리는 걸 들었다.

어머니는 상냥한 사람이었다. 잘 웃고 이야기도 잘 하는 사람이었다. 심지가 굳고 생각한 것은 확실하게 말하지만, 그 뿌리에는 배려가 있다. 그런 사람이었다.

적어도 아이인 내가 아는 어머니는 그랬다.

그런 어머니가 누군가에게 '빨리 죽어줘'라고 말한 게 나는 믿기지 않았고 받아들일 수 없었다.

내가 그 말을 들었다는 것을 어머니가 아는지 모르는지는 알 수 없다. 그런 여유는 없었다. 혼란스러운 머리로 내 방으로 도망친 것만 기억하고 있다.

그때의 충격은 말로는 도저히 표현할 수 없다.

마음에 금이 가는 소리가 내 가슴에 울렸다.

어머니는 성모가 아니다.

한 사람의 인간이다.

화내기도 하고 가끔은 괴로운 기분도 든다. 불평하고 싶어지는 때도 있고, 누군가를 미워하기도 한다.

감정이 있는 한 사람의 인간이니까.

어린 나는 그걸 알지 못했다.

멋대로 깨끗한 존재라고 믿고 있었다.

어머니는 그해 여름에 교통사고에 휘말려 돌아오지 못하는 사람이 되었다.

어머니의 죽음은 슬펐지만, 그 이상으로 슬펐던 것은 어머니를 떠올릴 때마다 '죽어줘'라고 중얼거리는 비통한 뒷모습도 같이 떠오르는 것이었다.

어머니는 추억이 더럽혀진 채로 돌아가시고 말았다.

어머니처럼 유우 오빠를 잃는 게 무섭다.

정말 좋아하는 그 사람을 잃고 싶지 않다.

그러니 난 만나고 싶지 않다.

앞으로도 계속 빛나는 추억인 그대로…….

건방진 꼬맹이와 생일 선물

1

"하아~, 다녀왔습니다."

겐도지 하나요시는 사흘 만에 귀가했다. 주차장에 아내의 벤츠가 없는 것을 보니, 그녀는 집에 돌아오지 않았을 것이다.

서로 일이 바빠서 집에 돌아오는 타이밍이 맞지 않으면 얼굴을 맞댈 일도 없다.

"어서 오십시오. 식사는 하셨습니까?"

가정부인 이시카와가 옆에서 나타났다.

"아, 괜찮아. 먹고 왔어."

"다녀오셨어요, 아버지."

"오오, 아사카."

사랑하는 딸의 사랑스러운 얼굴을 보면 피로 따위는 한 번에 날아간다.

"자, 선물이다."

종이봉투를 건네주자 아사카는 얼굴을 반짝였다.

나이를 먹고 생긴 아이인 만큼 자기도 모르게 오냐오냐하고 만다. 장녀와 차녀는 독립한 이후로 귀성도 제대로 안 해서 아사카에게는 더더욱 너그러워진다.

"같이 목욕해요."

"그래."

아사카와 함께 욕조에 몸을 담갔다. 요 몇 달은 특히 바빠서 이렇게 딸과 보내는 시간을 만들지 못했다.

"아버지, 물어보고 싶은 게 있어요."

"뭐야?"

"남자아이는 생일에 뭘 받으면 좋아할까요?"

"으응?"

남자아이?

"친구야?"

"음~, 그런 건 아니에요."

이렇게 얼굴을 살짝 붉히고 부끄러운 듯이 목소리를 낮추는 반응은 설마……

"호호오."

그렇군, 아사카에게 좋아하는 아이가 생겼는가.

살짝 쓸쓸한 느낌도 들지만 가장 중요한 것은 아사카의 행복이다. 뭐, 이런 생각조차 아직 시기상조인가.

초등학생의 사랑은 소꿉놀이의 연장 같은 것이다. 학년이 올라갈 때마다 새로 좋아하는 남자가 생기고 연애 편력이 갱신되어가는 것이 보통이다.

언젠가 이 아이도 정말로 좋아하는 남자가 생기고 다른 딸들과 마찬가지로 자기 곁에서 떠나가 버리겠지만, 그것도 10년 이상 후의 일일 터.

"그렇네, 남자아이라면 로봇이라던가."

"로봇은 잘 모르겠어요……."

"요즘 남자 아이들 사이에선 어떤 게 유행하고 있을까. 아빠가 어렸을 때는 가면 ○이더나 마○가Z가 인기 있었는데."

"음~, 그런 건……."

"핫핫하. 아사카는 모르는가. 뭐, 결국엔 마음의 문제야. 상대가 좋아해주면 그걸로 된 거야."

"유우 오빠는 어떤 걸 좋아할까."

유우 오빠?

뭐야, 위 학년인가?

이거야 원, 조숙하기는.

"그 유우 오빠라는 아이는 몇 학년이야?"

"고등학교 3학년이에요."

"뭐?"

"음~."

"자, 잠깐만 아사카, 고등학생이라고 했니?"

"네."

"……."

아무리 그래도 고등학생은 너무 연상이다. 아사카가 초등학교 1학년이고 상대가 고등학교 3학년이면 나이 차이는 11살. 중학생과 고등학생이 교제하는 건 그런대로 이해가 되지만, 초등학생이라면 이야기는 크게 달라진다. 그렇다기보다는 이미 범죄다.

"아, 아사카, 그 고등학생하고는 어떻게 알게 됐니?"

"네? 미야네 집의 옆집에 살고 항상 가면 놀아줘요."

"그, 그렇구나."

뭐, 초등학생——게다가 저학년——을 상대로 연애 감정을 품는 일은 아마 없겠지. 아사카도 잘 따르고 있는 것 같아 그다지 집요하게 파고들 수 없는 하나요시였다.

2

"그래서, 어떻게 할까. 유우 오빠의 생일 선물."

마히루는 콜라의 얼음을 달그락달그락 돌리면서 말했다.

"아버지는 가면 ○이더가 좋을지도 모른다고 했지만, 유우 오빠는 이제 그런 거 안 보지."

"유우 오빠, 농구 좋아하니까 농구랑 관련된 뭔가라던가?"

"농구랑 관련된 뭔가가 뭐야, 미야."

"우리 셋 용돈을 합쳐도 너무 비싼 건 못 살 거야."

아사카가 풀이 죽어서 말했다.

"그런가, 돈 문제도 있나! 저기~, 아줌마, 유우 오빠가 뭐 갖고 싶다고 한 거 있어?"

사야카는 테이블을 닦는 손을 멈추고 말했다.

"그러게, 모두가 마음을 담아서 선물해주면 뭐든 좋아하지 않을까…… 아, 그렇지."

"뭐야?"라고 말하는 미야.

"생일 케이크 만들기. 이번에는 모두의 도움을 받아서 세 사람의 특제 케이크를 선물하는 건 어때?"

"케이크인가."

"괜찮지 않아?"

"하지만 난 케이크 만들어본 적 없는데."

"괜찮아, 아줌마가 잘 가르쳐줄 테니까, 어때?"

셋은 서로의 얼굴을 마주 보았다.

"할래."

"할 거야."

"할게요."

3

10월 2일.

내 생일이다.

1년에 한 번, 자신만이 특별해질 수 있는 기념일.

어릴 적에는 이날이 오는 걸 1년 동안 손꼽아 기다리고 케이크와 선물로 기분이 엄청 들떴지만, 고등학생쯤 되니 가족과 친구에게 축하를 받는 게 창피해진다.

사실은 여자애랑 같이 보내고 싶지만 여자 친구는 태어나고 18년 동안 생긴 적이 없다.

내 생일을 기억하고 있는 같은 반 여자애가 생일 선물을 주는 일도 없다.

이야기해본 적 없는 후배가 생일을 계기로 고백하는 일도 없다.

부활동에 시간을 바쳤기에 청춘이 잿빛이다.

올해의 생일도 예년대로 재미없는 하루로 끝날 것 같다.

뭐, 좋은 일도 있긴 하다.

오늘을 기해서 난 18살이 되었다.

그렇다는 것은 이제 당당하게 야한 책을 볼 수 있다는 것이다. 사회가 나에게 야한 책을 볼 자격을 주는 날인 것이다.

그렇다, 그렇게 생각하면 쓸쓸하진 않다.

난 농구부 친구인 엔도에게 받은 우마이봉 콘 포타주맛 세트를 안고 귀로에 올랐다.

"다녀왔습니다~."

방에 들어가자마자 건방진 꼬맹이 셋이 들러붙었다.

"유우 오빠, 생일 축하해."

"유우 오빠, 생일 축하해."

"유우 오빠, 생일 축하해요."

"오오오, 너희들 있었냐."

내가 돌아올 때까지 침대 위에서 텔레비전을 보고 있었던 모양이다.

"오늘 유우 오빠 생일이지?"

마히루는 그렇게 말하면서 내 등에 뛰어들었다.

"우리가 생일 케이크 만들었어."

미야가 자신만만하게 말했다.

"만들었다니, 너희가?!"

"네. 나중에 같이 먹어요."

아사카에게 손을 이끌려 침대에 앉았다. 지금 알아차렸는데 방의 모습이 바뀌어 있었다.

색종이로 만든 고리를 연결한 장식과 별이나 하트 모양 장식이 방 전체를 꾸미고 있었다. 테이블 위는 과자로 가득 메워져 있어서 마치 파티 같았다.

이 녀석들이 날 위해서 이렇게까지 해줄 줄이야⋯⋯

"너, 너희들⋯⋯ 고마워."

"훗훗후, 선물도 있다고."

마히루가 우쭐거리는 표정을 보여주며 세 장의 카드를 꺼냈다. 잘라낸 두꺼운 종이에 색종이와 컬러 테이프, 색연필 등으로 컬러풀하게 장식했다.

"봐라, '뭐든지 들어주는 티켓'이다."

이런 또 진부한 걸.

"뭐든지라니 굉장하네."

"뭐든지 해줄게"라는 미야.

"하지만 그냥은 안 줄 거야. 이건 유우 오빠가 퀴즈를 맞히면 줄 거야."

"퀴즈?"

"네, 잠깐 기다려 주세요."

아사카가 안쪽에서 수수께끼 책을 가져왔다.

"자, 컵. 자자, 한 잔 받아."

미야가 페트병에 든 주스를 따라줬다.

"어이쿠."

"과자는 많이 있지만 케이크 못 먹게 되니까 조금만 먹어야 한다?"

미야는 과자 봉지를 열어서 펼쳤다.

"특별히 오늘만 해주는 거다. 자, 아~."

마히루가 감자칩을 집어서 건넸다.

"암…… 내가 애냐?"

인생 첫 아~ (어머니 제외)를 해주는 사람이 건방진 꼬맹이라니……

기쁜 것 같기도 하고 슬픈 것 같기도 하고.

"그럼 갑니다. 첫 번째 문제──."

건방진 꼬맹이들이 날 즐겁게 해주려고 힘내주고 있다.

지금까지와는 색다른, 오랜만에 즐겁다고 느끼는 생일이 되었다.

건방진 꼬맹이와 프로레슬링 놀이

1

"훗훗후."

"……간다."

"와라!"

"받아라."

마히루가 가는 팔을 뻗어 나에게 래리어트를 때려 박았다.

타앗!"

찰싹 하고 형편없는 소리가 났다.

"해치웠나?"

"흥."

이런 건 맞아도 아무렇지도 않다. 내 복근은 마히루를 튕겨냈다.

"안 통하는데? 전혀 안 통한다고."

"큭."

"마히루, 일단 물러나. 자세를 가다듬는 거야."

마히루는 미야에게 손을 이끌려 침대 끝으로 이동했다.

"에, 에잇."

침대 바깥에 있던 아사카가 반대쪽에서 나에게 몸을 부딪쳐왔다. 하지만 체중이 가벼워서인지 이 또한 전혀 대미지가 없었다.

"흐하하하하, 다 예상하고 있다."

난 허리에 달라붙은 아사카를 안아서 모포로 둘둘 말아 붙잡았다.

"우와아, 도와줘."

꾸물꾸물 움직이는 아사카를 모포째로 가볍게 제압했다. 안경을 쓰고 있으니 얼굴 근처는 풀어줬다.

"아사카를 풀어줘."

미야가 나에게 덤벼들었고, 그 틈에 마히루가 모포를 치우고 아사카를 구출했다.

"하아, 하아."

"괜찮아? 아사카."

"으, 응."

"왜 그러냐? 너희들 이 정도밖에 안 되냐?"

"유우 오빠 주제에 건방져. 미야, 아사카, 옆에서 협공해."

"그래."

"응."

──이곳은 겐도지가, 아사카의 방.

킹사이즈 침대 위에서 벌어지고 있는 것은 나 VS 건방진 꼬맹이들의 레이드전이다.

승패의 기준은 잘 모르겠지만, 아이들의 싸움 놀이의 연장 같은 것일 것이다.

사건의 발단은 1시간 정도 전. 텔레비전에서 프로레슬링 특집이 방송되고 있었는데, 그걸 본 건방진 꼬맹이들이 해보고 싶다는 말을 꺼낸 것이다.

2

큰 화면 속에서 땀투성이가 된 남자들이 서로의 육체를 부딪쳤다.

흩날리는 땀이 라이트의 빛을 반사해서 반짝반짝 빛났다.

"우와아, 저거 안 아파?"

마히루가 말했다.

마침 문설트가 들어간 장면이었다.

코너 구석에 선 몸집 큰 남자가 공중에서 몸을 뒤로 젖혀 다운된 남자 위에 착지했다.

프로레슬링은 사실 거는 쪽도 아프지 않을까, 라는 생각이 드는 기술이 많다.

엔터테인먼트에 특화된 격투기이기에, 응수와 화려함이 중요해지는 만큼 레슬러에게 가해지는 부담은 상당할 것이다.

그래도 기술을 피하지 않고 확실하게 받아내서 관객을 즐겁게 하니 대단하다.

그 후, 보고 있으면 걱정되는 큰 기술을 주거니 받거니 하는 모습이 이어졌고 경기는 종반으로.

그때——.

"아, 이 녀석 뭐야!"

미야가 소리를 질렀다.

검은 마스크를 쓴 난입자가 링에 올라와 기습 드롭킥을 날렸다.

검은 마스크를 쓴 레슬러는 한쪽 레슬러를 쓰러뜨리더니 마이크를 손에 들고 남은 한 명을 도발했다. 아무래도 검은 마스크는 인기 있는 힐 레슬러인 모양이며, 관객석에서는 야유와 환성이 난무했고 회장의 열기는 최대로.

물론 연출이겠지만, 아이는 이런 걸 진짜라고 받아들인다.

"이런 놈은 해치워버려."

"치사한 놈이다."

"해치워 버려라~."

프로레슬링에 완전히 빠져든 셋은 시끄럽게 응원했다.

그 후, 서로 싸웠던 두 사람이 협력해서 검은 마스크 악역을 쓰러뜨린다는 흡사 소년만화 같은 우정 전개로 경기는 막을 내렸다.

방송이 끝난 뒤에도 건방진 꼬맹이들의 프로레슬링 열기는 식지 않았고, 실제로 프로레슬링을 해보고 싶다고 말하기까지 그리 많은 시간이 걸리지 않았다.

*

"좀 더 기분을 내고 싶은데. 아사카, 아까 본 녀석의…… 뭔가 그 검은 마스크 같은 건 없어?"

미야가 물었다.

"머리가 쏙 들어가는 거?"

"응."

"음~…… 없을지도…… 아, 잠깐만."

아사카는 그렇게 말하고 종종거리며 방에서 나갔다.

어째 나를 아까 전의 방송에 나온 힐 역할로 삼고 싶은 모양이다. 그리 딱 좋게 프로레슬링 마스크 같은 게 있진 않을 텐데, 뭘 가져올 생각이지?

잠시 후, 아사카가 검은 천 조각을 가지고 돌아왔다.

"마스크는 없지만 이걸 머리에 두르면 그럴듯해져요."

건네받은 것은 털실로 짜인 검은 천—— 목도리다.

"윗옷도 벗어."

마히루가 내 셔츠를 잡아당겼다.

"아, 알았어. 늘어나잖아. 잡아당기지 마."

그렇게 천의 면적만큼은 레슬러에 가까워진 나는 다시 건방진 꼬맹이들과 싸웠다.

"으럇."

미야가 레슬러를 흉내 내면서 드롭킥을 날렸다. 하지만 거리가 부족해서 나에게 명중하기 전에 추락했다.

"우와아."

바로 그때를 노렸다.

미야의 몸을 덮쳐 짓누르는 흉내를 냈다.

"미야한테서 떨어져, 이 변태."

마히루가 투닥투닥 때리기 시작했다.

"미야, 기다려."

아사카가 내 등에 달라붙었다. 난 등에 손을 뻗어 아사카의 배를 붙잡고 그대로 몸 아래로 끌어들였다.

"꺅."

"너도 와라."

"우왓."

마히루의 손을 잡아당겨 녀석도 끌어들였다. 세 건방진 꼬맹이가 내 팔 속에서 날뛰었다.

"핫핫하, 패배를 인정하는가?"

"인정하겠냐!"

"이거 놔, 변태."

"그치만 어떻게 나가지."

흐하하하하.

탈출할 수 있으면 탈출해봐라.

가끔은 건방진 꼬맹이들에게 내 힘을 알게 해줘야 한다.

3

"아사카, 다녀왔다~……!"

오랜만에 일이 빨리 끝나 사랑하는 딸의 얼굴을 보려고 방문을 연 겐도지 하나요시는 전율했다.

"어?"

상의를 벗고 머리에 검은 천을 두른 남자가 침대 위에서 세 여자아이를 몸으로 깔고 있었다.

게다가 침대 위는 크게 어질러져 엉망진창이지 않은가.

"아, 아사카!"

"어?"

"이 자식, 아사카와 아이들을 놔줘라!"

"아, 아니에요."

하나요시는 아이들에게서 수상한 사람을 떼어내고 붙잡았다.

"오오, 난입자다."

"엄청나다, 아까 그 경기 같아."

"아버지도 프로레슬링 하고 싶은 거예요?"

"아, 아사카의 아버지신가요? 저, 저는——"

"이 변태 자식."

"야, 너희들, 제대로 설명해줘."

"아사카, 애들아, 빨리 도망쳐라. 어른을 부르고 경찰에 전화하는 거다."

"아니에요, 오해에요."

"이, 날뛰지 마라, 로리콘 자식."

"아니라고오오오오오오."

*

이후 엄청나게 오해가 풀렸다.

1

자동차.

그것은 인간 사회를 지탱하는 주축이다.

일반 생활에서 일상적인 이동부터 인간의 다리에는 도저히 적합하지 않은 장거리 이동을 도어 투 도어로 쉽사리 해낸다. 또한 인간의 힘으로는 옮길 수 없는 물자 운반도 거들고 있어서 그야말로 인간 사회의 주축을 담당하는 존재다.

그런 차에 로망을 느끼는 기특한 사람들이 있다는 것을 여러분은 알고 있을까.

그들에게 차, 아니 자동차는 편의성과 실용성만으로 이야기할 수 있는 존재가 아니다. 물론 그러한 요소들도 중요하긴 하지만, 그들이 무엇보다도 중요시하는 것은 '속도'와 '즐거움'이다.

타면서 즐거운가 그렇지 않은가.

다른 녀석보다 빠른가 그렇지 않은가.

용솟음치는 배기음, 핸들에서 전해지는 진동, 눈이 핑핑 돌도록 변해가는 경치.

그러한 것들에 매료된 남자들은 오늘도 바람이 되어 스러져간다.

*

"어라, 아빠, 오늘 쉬는 날이야?"

아빠는 거실의 소파에 앉아 금색으로 물들인 머리카락을 매만지고 있었다.

"오, 미소라. 학교까지 데려다줄까?"

"눈에 띄고 시끄러우니까 됐어. 다녀오겠습니다."

"조심해서 다녀와라!"

우리 아빠는 차를 세 대 가지고 있는데, 내 눈에는 전부 똑같아 보인다. 다른 것은 색깔뿐이다.

하얀 것과, 검은 것과, 빨간 것.

같은 반 남자 중에도 차를 좋아하는 아이가 많은데, 솔직히 뭐가 좋은지 전혀 모르겠다. 그리고 아빠의 차는 전부 시끄럽고 흔들리고 좁고 승차감이 최악이란 말이지.

"우와아아, 지각이다."

계단 쪽에서 우당탕탕 소리가 났다.

언니가 뛰어 내려왔다. 옷 갈아입는 걸 잊었는지 잠옷 차림 그대로였고 앞머리는 까치집을 지어 헝클어져 있었다.

"하아. 언니, 지금 일어났어? 바보구나."

"미소라, 시끄러! 아빠, 오늘은 데려다줘."

"맡겨둬."

"하아……."

언니는 여전히 덜렁이구나.

현관에서 신발을 신고 있으니 현관 유리 너머로 사람의 그림자가 보였고, 초인종이 울렸다.

이런 아침부터 누구일까.

"미야, 먼저 밥 먹어. 네~."

엄마가 응대했다.

거기에는──.

"어머, 유우."

아저씨가 있었다.

＊

장마가 주춤한 시기.

활짝 갠 파란 하늘에 쨍쨍하게 빛나는 태양. 아침의 촉촉한 공기와 눈부신 햇살의 조화는 곧 다가올 여름의 리허설 같았다.

시각은 오전 8시 반. 오늘은 휴가를 받아 아침부터 하루야마가를 방문했다.

얼마 전 미야의 생일 파티 때 탓쨩에게 스포츠카에 대한 뜨거운 강의를 들은 나는 아주 약간이지만 스포츠카에 관심이 생기기 시작했다.

애초에 어떤 차가 좋은지조차 모르는 나에게 탓쨩이 선택에 참고하라고 가지고 있는 차를 시승시켜준다고 해서 아침부터 온 것이다.

하루야마가의 거실에서 기다리고 있으니 늦잠을 잔 미야를 데려다주러 간 탓쨩이 돌아왔다.

"유우, 기다리게 했구나."

탓쨩의 안내를 받아 바깥에 있는 차고로. 차고 안에는 세 대의 차가 늘어서 있었다.

"자."

"탓쨩, 차를 세 대나 가지고 있구나."

전부 깨끗하게 잘 닦여있어서 멋졌다.

"어떤 걸 타고 싶니?"

"대단하네, 이거 외제차?"

전갈 엠블럼이 달려 있는 오픈카다.

"히로시마산 이탈리아 자동차야."

무슨 말이지?

"아, 이건 옛날에 탄 적 있어."

"R34구나. 이건 아마 네가 유치원에 다닐 적에 샀던가. 시간 참 빠르네."

자주 이 차의 조수석에 태우고 여러 곳에 데려다줬었지. 그립다.

"이게 제일 멋있네, 건ㅇ 같아서."

하얀 혼다 자동차다. 하얀 차체에 빨간 엠블럼이 돋보였다.

"그건 시빅이네. 좋아, 그럼 한번 달리러 가볼까."

우리는 시빅이라는 차의 조수석에 올라타 후지산으로 향했다.

"사고 싶은 차는 정해졌나?"

"아직. 그래도 역시 네 명은 탈 수 있어야 한다는 게 최소한의 조건이려나. 그 녀석들이랑 나로 딱 네 명이니까. 오픈카 같은 건 좀 그렇지. 엄마는 미니밴이 좋지 않냐고 하지만."

여름이 되면 아사카도 돌아올 테니 그 전까지 차를 마련해둬야 한다.

"미니밴 같은 건 집어치워. 잘 들어라. 매뉴얼 설정이 없는 차는 차가 아니라고. 그냥 상자지."

에에…….

"예산은?"

"일단 모아둔 돈이 600만 정도 있는데, 전 재산을 떡하니 낼 수는 없겠지."

인생이라는 게 무슨 일이 있을지 알 수 없고 목돈은 남겨두고 싶으니 예산은 가능하면 300만 전후로 쓰고 싶다.

"알겠냐, 유우. 속된 이야기지만 차라는 건 돈을 들이면 들일수록 좋은 걸 살 수 있어. 일생에 몇 번 있을까 말까 한 돈이 크게 들어가는 일이야. 타협은 안 하는 편이 좋아."

"응. 참고로 이건 얼마였어?"

"대충 500만이 좀 넘는 정도였지."

"그렇게나 해?"

"그야 그렇지. 혼다의 영혼이 담긴 타입R이라고?"

"잘 모르겠어."

"게다가 네 명이 탈 수 있고. 자 그럼, 슬슬."

탓쨩은 갓길에 차를 댔다.

"교대다. 운전해봐."

"어, 어어."

난 교대해서 운전석에 올라탔다.

"자, 네가 운전할 수 있을까."

탓쨩이 옆에서 히죽히죽 웃었다.

"깔보지 말라고. 어라, 이거 사이드는?"

"거기 있는 버튼이야. 브레이크를 풀어도 잠깐은 뒤로 밀리지 않게 돼 있으니까 그대로 액셀을 밟으면 돼."

"호~."

이윽고 시빅은 포효와 같은 소리를 내면서 언덕길을 올라가기 시작했다.

*

타이치는 경악하고 있었다.

아웃 인 아웃을 기본으로 한 완벽한 라인과 변속 타이밍에, 코너를 두려워하지 않는 담력, 그리고 무엇보다 이 차를 운전하는 게 이번이 처음이라는 사실까지.

"이, 이봐, 유우. 너 진짜로 차 없었던 거 맞냐?"

"음~, 배달 영업이었으니까 운전은 매일 했는데."

잡담을 하면서도 스피드는 전혀 변하지 않았고, 마치 바람처럼 후지산의 산맥을 달려나갔다.

"그래도 뭐, 납기가 아슬아슬하거나 터무니없는 클레임에 대응하기도 하면서 조금이라도 빨리 목적지에 도착하도록 노력은 했었지. 아하하."

"앗."

왼쪽 코너에 접어든 그때, 오른쪽 숲에서 사슴이 튀어나왔다. 후지산 스카이라인에는 야생동물이 빈번하게 튀어나온다.

"호잇~."

유우는 곧장 바깥쪽으로 차체를 옆으로 미끄러뜨려 충돌 타이밍을 늦추더니, 바로 자세를 회복해 길을 건너는 사슴의 뒤쪽으로 빠져나갔다.

순간적으로 일어난 일이었다.

뒤를 보니 사슴은 그대로 건너편 숲으로 도망쳤다.

"이렇게 해발고도가 낮은 곳에서도 사슴이 나오네."

"야, 너 지금 어떻게 미끄러뜨린 거냐? 시빅은 FF라고?"

"어떻게 했냐고 물어봐도…… 감각?"

"진짜냐."

이건 마치…….

타이치의 뇌리에 그리운 기억이 되살아났다.

수십 년 전, 피가 끓고 힘이 솟는 배틀에 몰두하던 시절의 자신. 패배를 모르던 자신을 처음으로 꺾은 그 '후지의 하얀 늑대'를 방불케 하는 상식에 얽매이지 않는 주행……

자동차 자체가 달리는 기쁨을 느끼는 듯한 주행이었다.

탓쨩, 탓쨩 하며 달라붙던 꼬맹이가 이런 주행을 보여줄 줄이야.

옛날엔 속도를 좀 내면 조수석에서 꺅꺅 울면서 소란을 피웠는데.

후지산 스카이라인 중간에 있는 미즈가즈카 공원의 주차장에 차를 세우고 휴식했다.

전방으로 호에이산의 분화구가 보이는 넓은 주차장이다.

"야, 유우."

"응?"

"이 차, 100만에 팔아줄까?"

"어…… 어?!"

"내가 주는 귀향 축하 선물이다."

"아니 그래도 이거 500만은 하잖아? 괜찮아?"

"괜찮아. 그보다 운전하면서 즐거웠나?"

"응."

"그럼 됐어. 소중히 다루라고."

"……탓쨩, 고마워."

아리츠키 유우는 시빅 Type R [FK8]을 손에 넣었다.

2

7월에 접어들어 토카이 지방은 예년보다 약간 빠르게 장마가 끝났다. 상쾌한 파란 하늘이 끝없이 펼쳐졌고, 하얗게 덮인 눈이 녹은 후지산이 마을을 내려다봤다.

어제까지의 찌무룩한 습기는 감쪽같이 사라지고 산뜻한 햇살이 피부에 내리쬈다. 마을은 자연스럽게 활기를 띠어 오랜 비로 완전히 침전된 사람들의 마음에 여름의 도래를 예감케 했다.

그런 기다리고 기다리던 장마의 끝에 우울한 기분을 품은 별

난 사람이 둘……

*

"하아."

난 한숨을 쉬었다.

"마히~, 안 가? 곧 붐빌 텐데?"

"아아, 응. 지금 갈게."

"겨우 수영할 수 있겠네. 아침부터 기대됐어."

"그러냐."

마침내 이날이 오고 말았나.

여름 방학이 올 때까지 계속 비가 와도 좋은데.

난 짜증 날 정도로 기운이 넘치는 태양을 째려보고 무거운 발걸음으로 탈의실로 향했다. 얄팍한 천 조각이 마치 갑옷처럼 무겁게 느껴졌다.

"가자, 마히~."

"그래."

난 결심하고 수영장으로 향했다.

"야, 저거 봐."

"미쳤네."

"등 너머로 가슴이 보이다니 얼마나 큰 거야?"

"마망."

하아, 남자의 시선이 짜증 난다.

애초에 왜 수영 수업을 남자랑 합동으로 하는 거냐고.

이상하잖아.

학교 수영복이라고 해도 남자 앞에서 수영복 차림이 된다는 건 보통 부끄러운 일이 아니다.

지옥이다.

다른 여자의 뒤로 들어가 시선을 막으려고 했다. 하지만 내 키가 제일 커서 딱 가슴 부근이 가려지지 않아 그다지 유효한 방법이라 할 수 없었다.

지금 저 후지산이 분화해주면 수영 수업이 중지될까.

"왜 그래? 마히~."

"아니, 후지산이 분화하면 어떻게 될까 싶어서."

"최근 연구로는 화산쇄설류는 야마나시 쪽으로 흘러간다고 하니까 이쪽은 안심이래."

"아, 그렇구나."

"그보다 토카이 지진이 무섭지."

준비운동을 하고 수영장에 뛰어들었다.

뭐, 수영 자체는 좋아하니까 괜찮지만──.

"우와, 튜브 같다."

"참을 수 없군."

"마망이다."

"저런데 수영할 수 있나?"

아 진짜, 다 들린다고.

"좋아~, 오늘은 자유형 기록을 잰다. 반별로 줄 서라."

풀사이드로 올라와 순서를 기다렸다.

"다음, 류샤쿠."

그날은 짜증도 도와서 작년의 기록을 크게 갱신했다.

*

"으으, 수영인가아."

"하루야마, 올해야말로 25미터 수영할 수 있도록 힘내."

선생님이 말했다.

"네."

수영장에서 노는 건 좋아하지만 수영 수업이 되면 이야기는 크게 달라진다. 그도 그렇게 난 수영을 못한다.

특히 어려운 게 호흡이다.

수중에서 숨을 뱉고 수면에서 얼굴을 내민 순간에 들이쉰다는 이론은 알고 있지만, 어째 잘 안 된다.

애초에 인간은 육상에서 생활하는 생물이니까 헤엄치는 기술 같은 건 필요 없는걸.

"그럼 다음, 하루야마."

"아, 네."

선생님이 호각을 삑 불었고, 난 수영장에 뛰어들었다.

"어푸, 어푸."

필사적으로 발로 물장구를 치고 손을 움직였지만 전혀 앞으로 나아갈 기미가 안 보였다.

"하루야마는 올해도 물에 빠졌네."

"귀여워라."

"내가 하나하나 친절하게 가르쳐주고 싶어."

"류샤쿠만큼은 아니지만 하루야마도 크구만."

"푸하아."

결국 호흡이 안 돼서 10미터 지점에서 멈추고 말았다. 우와아, 다들 보고 있어, 부끄러워.

"하루야마, 도중에 발이 닿아도 좋으니까 마지막까지 헤엄쳐."

"아, 네~."

그 후 몇 번이나 도중에 발을 짚으면서 25미터를 끝까지 수영──걸어서(?)──했다.

"하아, 후우."

하지만 이래서는 또 보충이야.

＊

──유우 오빠의 방.

오늘은 나도 미야도 부활동이 쉬는 날이라 함께 돌아왔다. 당연히 가는 곳은 집이 아니라 〈문 나이트 테라스〉다.

"하아."

"하아."

"뭐야, 둘이서 한숨을 다 쉬고."

유우 오빠는 우리의 기분도 모르고 평소처럼 멍~한 표정을 짓고 있었다.

난 침대에 누우면서 말했다.

"아니, 그냥…… 아~, 그 왜, 여름방학 전에 기말고사가 있으니까."

"그래 맞아, 신경 쓰지 마."

"뭔가 기운이 없네…… 그렇지, 기분 전환으로 드라이브라도 갈래?"

유우 오빠는 들뜬 표정으로 차 키를 집었다.

"그러고 보니 유우 오빠, 차 샀다면서?"

분명 미야네 아버지의 차를 싸게 받았다고 했었지. 아마 자기가 타고 싶을 뿐이겠지, 응.

"우리 아빠가 줬대."

"제대로 산 거야. 자자, 너희들 빨리 준비해."

유우 오빠의 재촉을 받아 우리는 밖으로 나왔댜.

가게 맞은편에 있는 주차장 안쪽에 있는 차고 속에 두 대의 차가 보관되어 있었다. 오래된 토요타 차가 아저씨의 차고 다른 하나인 혼다 차가 유우 오빠의 차라고 한다.

"호~, 멋지잖아."

왠지 강렬한 느낌이라 어떻게 봐도 남자애가 좋아할 것 같은 디자인이었다.

"그치?"

"그럼 실례."

내가 조수석의 문을 열려고 하자,

"잠까안."

미야가 외쳤다.

"뭐야."

"나도 조수석이 좋아."

"빠른 사람이 임자거든."

"너희들 시시한 걸로 싸우지 마. 돌아올 때는 미야가 조수석에 타면 되잖아."

"으으, 어쩔 수 없지, 그걸로 타협할게."

차를 모는 유우 오빠의 옆얼굴은 아이처럼 순진했다.

우회로로 들어가 139번 국도를 타고 북서쪽으로 나아갔다. 이 시간대에는 회사에서 귀가하는 사람이 많아서 꽤나 붐비지만, 시가지에서 멀어짐에 따라 점점 차가 적어져 갔다.

서쪽 하늘에 해님이 멈춰 섰고, 후지산은 노을을 받아 새빨갛게 물들었다.

"유우 오빠, 어디까지 가는 거야?"

뒤에서 미야가 물었다.

"그렇네, 모토스 근처까지 가볼까."

그리고 우리를 태운 차는 맹렬하게 나아갔다.

*

"우와~ 넓다~."

마히루가 감탄해서 소리쳤다.

시야 한가득 펼쳐진 모토스 호수. 노란 잠수함 같은 배가 호숫가 왼편에 떠 있었고, 광대한 호면은 그 전체 모습을 한눈에 볼 수 없을 정도로 넓었다. 호수를 사이에 둔 정면에는 큰 산이 있어 마치 거인이 엎드려 누워있는 듯했다.

"저건 매인가?"

난 하늘을 올려다보며 말했다. 큰 새가 날개를 펼치고 노을빛 하늘을 나는 게 보였다.

"아니, 솔개 아냐?"라는 유우 오빠.

"까악까악 우니까 까마귀겠지. 그보다."

마히루는 어느샌가 신발과 양말을 벗고 있었다. 얕은 물에 발을 담그고 그 자리에서 참방참방 발로 물장구를 쳤다.

"으햐~, 차가워."

마히루는 좋겠다. 예나 지금이나 성격도 안 변했고, 자유분방하고 밝은 캐릭터라서 저런 식으로 아이처럼 행동해도 자연스러운 느낌이 나는걸.

난 하고 싶어도 유우 오빠가 '애 같다'면서 어이없어하지는 않을지 걱정돼서 좀처럼 못하겠는데.

하지만 서로 어른의 거리감을 가진 채로 있으면 왠지 쓸쓸하기도 하고……

"좋아, 우리도 가자, 미야."

"흐에?"

정신을 차리고 보니 유우 오빠도 맨발이 되어 있었다.

"우오~, 차가워. 그래도 기분 좋네."

"미야도 와."

옛날처럼 까불며 떠드는 두 사람을 보고 나는 깨달았다.

나, 마히루, 아사카, 유우 오빠. 이 네 사람의 관계 속에서는 주저할 필요가 없을지도 모른다. 그야 점잖게 굴어보기도 하겠지만, 꾸밈없는 나를 그대로 보여줘도 분명 유우 오빠는 받아줄 것이다.

"어쩔 수 없네."

나도 맨발이 되었다. 사실은 몸이 근질근질했다. 두 사람 곁으로 달려갔다──.

"──우왓."

물에 발을 담근 순간, 모래에 발이 걸려 난 정면으로 수면에 다이브하게 돼버렸다. 쫄딱 젖는 걸 각오했지만, 바로 마히루와 유우 오빠가 손을 내밀어 몸을 받쳐줘서 간발의 차로 젖지 않을 수 있었다.

"하아, 살았다. 둘 다 고마워."

"**여전히** 미야는 덜렁이네."

마히루가 웃었다.

"넌 옛날부터 **여전하네**"라는 유우 오빠.

"치이."

두 사람의 나에 대한 이미지는 대체…….

3

구름 한 점 없는 별이 빛나는 밤.

기숙사의 개인실 창문으로 하늘을 올려다보니 하늘 가득한 별이 반짝이고 있었다. 장마도 끝나 여름이 코앞까지 다가온 것이다.

그 사람과 처음 만난 것도 여름이 시작될 무렵이었다.

미야의 손에 이끌려 마히루랑 같이 〈문 나이트 테라스〉에 갔었지. 처음엔 뭔가 무서웠지만 오빠가 생긴 것 같아서 정말 신선했다.

지금 생각해보면 고등학교 3학년이라는 바쁜 시기에 거의 매일 우리를 상대했으니, 유우 오빠도 힘들었을 것이다.

가끔은 웃어넘길 수 없는 일을 저질러서 폐를 끼친 적도 있었다.

그래도 유우 오빠는 우리를 내치지 않고 무뚝뚝하면서도 상냥하게 대해줬다.

"……유우 오빠."

그때, 문을 노크하는 소리가 정적 속에 울렸다. 나가보니 학교 친구인 텐류지 씨였다.

"겐도지 씨. 다 같이 차를 마시는데 겐도지 씨도 어때?"

"……갈게요."

라운지에 모여 친구들과 밤의 다회를 즐겼다. 맛있는 차를 곁들이며 친구와 담소를 나누는 조용한 밤 시간은 분명 정말 알찰 것이다. 원래라면 알차야만 하는데.

추억을 아름답게 느끼면 느낄수록, 현실이 퇴색되어 보이게 되어 버렸다.

재미없는 건 아니지만 그 시절과 비교하면 모든 것이 의미 없는 것처럼 느껴지는 것이다.

이제 두 번 다시 체험할 수 없는 어린 시절.

당시에는 빨리 어른이 되고 싶다고 소원을 빌었는데, 더는 돌아갈 수 없다는 걸 깨달은 뒤부터는 그 시절의 모습을 좇다니.

신은 잔혹하다.

왜 인생에서 가장 즐거운 시기를 인생의 가장 처음에 가져오는 걸까?

이래서는 마치 저주이지 않은가.

난 분명 이후의 긴 인생을 추억에 사로잡혀 살아갈 것이다.

"그래서 말이야, 토키노미야 씨가 콜라를 마셔본 적이 없다고 해서 먹었어. 그랬더니 얼굴을 새빨갛게 물들이고는."

"그런가요."

"정말 큰일이었어. 사람은 모여들지, 토키노미야 씨는 울상이 돼서 한 잔 더 달라고 하지."

"재밌었겠네요."

"재밌긴 해도 말이야——."

이윽고 소등시간이 다가와 모임은 파했다. 방으로 돌아와 비치된 욕실에서 땀을 씻어내고 미지근한 물에 몸을 담갔다. 1시간 정도의 목욕을 끝내고 커피맛 두유를 마시고 있으니 스마트폰이 울렸다. 화면에는 아버지의 이름이 표시되어 있었다.

"네."

"아사카니?"

"아버지, 안녕하세요."

"어떻게 지내니."

"평소대로예요."

아버지는 올해 초부터 일본을 떠나 장기 해외 출장을 나갔다. 그다지 흥미가 안 생기는 화제라서 자세히는 모르지만 베트남 지사의 공장 이전에 대한 협의나 새로 만드는 공장 시찰 등으로 바빴다고 한다.

"……그런가. 그보다 들었다, 유우 군이 돌아왔다면서."

"! 그런 것 같네요."

아버지와 유우 오빠는 취미가 맞는지 10년 전에도 사이좋게 지냈다. 추억을 더듬었다. 분명 두 사람이 만난 건…… 그래, 프로레슬링 놀이를 하고 있었는데──.

"가르쳐주면 좋았을 텐데. 10년 만인가, 거 참 그립구나. 아사카는 이미 만났니?"

"아뇨."

"응, 그런가? 의외인데…… 그럼 마침 잘됐구나."

"뭐가요?"

귀국한 게 일주일 정도 전이라고 하니, 그때 유우 오빠가 귀성한 것도 알았을 것이다.

"아니, 그, 뭐냐. 다음에 셋이서 식사라도 하는 건 어떨까 싶어서. 이번 주 토요일쯤에 쉴 수 있을 것 같아. 그러니 주말엔 여기로 돌아오거라. 쌓인 이야기도 있을 테고, 아사카는 계속 유우 군을 만나고 싶어했──"

"……괜찮아요."

난 아버지의 말을 가로막고 말했다.

"어?"

"이 시기에는 진학 때문에 이래저래 바빠서."

"진학이라니, 이미 내부진학을 하기로 정하지 않았니? 지금까지 아사카가 받은 성적이라면, 이제 출석 일수를 확보하면 추천은 여유롭지 않느냐."

"아무튼 괜찮아요. 그보다 주말에는 쇼난에 있는 별장을 쓰게 해주세요."

"어? 여기에는?"

"돌아갈 예정은 없습니다. 여름 방학에도 쇼난에서 지낼 거라서."

"잠깐, 아사카──"

"실례합니다."

난 전화를 끊고 스마트폰을 침대에 톡 던졌다.

머릿속에 유우 오빠의 얼굴이 떠올랐다.

정말 좋아하는 웃는 얼굴.

"유우 오빠……."

왜 날 10년이나 내버려 둔 거야?

당신이 곁에 있어 줬다면, 난 분명 지금도 즐겁게 살아갈 수 있었을지도 모르는데.

이 10년 동안 난 계속 당신을 생각해왔는데…….

다시 스마트폰이 울렸다.

화면에는 '류샤쿠 마히루'라고 떠 있었다.

"……네."

"여보세요? 아사카?"

쾌활한 목소리가 들렸다.

"마히루? 무슨 일이야?"

"아니, 오랜만에 아사카랑 이야기하고 싶어져서."

10년 전부터 우리 셋의 총괄자였던 마히루. 나이는 같지만 우리를 이끄는 언니 같은 존재.

"미야의 생일에 왔다면서? 나도 보고 싶었어."

"……미안해. 다음 날에 학교를 가야 했으니까."

"어쩔 수 없지. 아, 그렇지, 유우 오빠도 보고 싶어 했어."

"!"

가슴속에 찌르는 듯한 아픔이 일었다.

"다시 여름이 되면 아사카도 돌아오지? 다 같이 모이자. 그래 그래, 유우 오빠 차 샀어. 그래서 있지──."

즐거운 듯이 이야기하는 마히루에 비해 나는 애매한 맞장구밖에 칠 수 없었다.

여름방학.

그 사람과 우리의 관계가 시작된 여름.

여름이, 온다.

＊

전화가 끊어져 버렸다.

하나요시는 스마트폰의 화면을 바라보면서 방금 딸이 한 언동의 진의를 살폈다.

아사카도 사실은 분명 만나고 싶을 것이다. 10년 동안 쓸쓸해하는 아사카를 몇 번이나 봐왔으니까.

그런데 방금 그 쌀쌀맞은 태도는 대체⋯⋯.

"⋯⋯!"

그런가, 부끄러운 건가.

10년 전에는 '유우 오빠, 유우 오빠' 하며 마치 진짜 오빠인 것처럼 잘 따르던 사람이다. 10년이 지나 심신이 모두 성장한 지금, 부끄러워지는 건 전혀 이상한 일이 아니다.

아이와 보호자라는 관계에서 남자와 여자가 됐으니까.

그런가, 그런 건가.

만나고 싶으면서 관심 없는 척을 하다니, 이제 아사카도 소녀의 마음을 가지기 시작했나.

부모의 호의적인 평가를 빼도 지금의 아사카는 일본에서 가장예쁜 미소녀 여고생이라 해도 과언이 아니다.

그런데도 지금까지 남자 친구가 생겼다는 보고가 전혀 없는건 분명 지금도 그를 사랑하고 있기 때문일 것이다.

그런데 그런 태도를 취하다니, 이거야 원, 이래서 사춘기에는솔직하지 못해서 곤란하다.

자신에게도 그런 시기가 있었다면서 하나요시는 청춘 시절의추억을 되돌아봤다.

좋아하는 여자아이에게 일부러 짓궂은 짓을 하거나, 관심 없는 척을 하며 거리를 둬보는 등, 그런 유치하고 무의미한 짓도 소중한 추억의 한 페이지다.

어쩔 수 없지. 이런 때에는 아버지로서 딸을 위해 발 벗고 나서주자.

"후후훗."

이렇게 겐도지 하나요시는 성대한 착각을 했다.

4

여름 방학을 즐겁게 기다리는 학생들의 앞을 가로막는 최후의 장벽, 기말고사.

여느 때와 같이 나와 마히루는 〈문 나이트 테라스〉에서 시험 공부에 힘쓰기로 했다.

이름 맞히기 게임은 끝나서 유우 오빠의 방에 가는 것도 가능하지만, 그 방에는 에어컨이 없어서 단념했다.

이걸 극복하면 즐거운 여름 방학이 기다리고 있다고 생각하면 힘낼 수 있다.

뭐, 실제로는 진로에 관한 준비 때문에 마음껏 놀 수는 없겠지만.

그래도 올해 여름에는 유우 오빠가 있다.

그때처럼 또 네 명이서 잔뜩 놀 수 있다.

그리고 시험 전 마지막 토요일.

"어라? 그리고 보니 유우 오빠는?"

가게 안에 유우 오빠의 모습이 없었다.

우리가 가게에 들어왔을 때부터 없었으니까 처음엔 쉬고 있는 줄 알았는데, 아무래도 아닌 것 같다.

"아줌마, 유우 오빠는?"

"유우는 오늘이랑 내일 휴일이야."

"어디 나간 거야?"

마히루가 물었다.

"아사카를 보러 쇼난까지 간대."

"흐음."

"흐음~, 아사카는 굳이 현 바깥까지 만나러 가는구나."

나 때는 세 달 정도 방치했는데.

"미야, 질투가 새어 나오고 있어."

"질투 아니거든. 순수한 의문이야. 뭐, 그건 그렇고 아사카는 깜짝 놀라겠네."

아사카는 내 생일 파티에 와줬지만, 그때는 유우 오빠의 얼굴을 보기 전에 돌아가 버렸다.

유우 오빠도 보고 싶어 했으니, 아사카도 분명 보고 싶었을 것이다.

10년 전에는 아사카가 제일 딱 달라붙어 있었지.

나와 마히루가 유우 오빠를 휘두르는 한편, 아사카는 유우 오빠의 뒤를 졸졸 따라다니는 느낌이었다는 걸 기억하고 있다.

"그저께 겐도지 씨한테서 연락이 왔거든. 주말에 아사카가 쇼난에 있는 별장에 머무르는데 거기에 유우를 서프라이즈로 데려갈 수 없냐면서."

"그렇구나."

"유우는 마침 타이치한테서 차를 산 지 얼마 안 되기도 했고, 이래저래 상황이 괜찮다고 이야기했어."

'쇼난의 번개'는 잘 지낼까"라면서 아저씨가 중얼거렸지만, 무슨 말인지 알 수 없어서 아무도 반응하지 않았다.

"그러니까 너희도 아사카한테는 비밀로 해줘."

"알겠어요."

"알았어."

하긴, 갑자기 유우 오빠가 찾아오면 아사카도 놀라고 기뻐하겠지.

"아사카 깜짝 놀라겠네. 헤어지는 날에는 엄청 울었으니까."

"미야도 울었잖아."

"마, 마히루도 울었잖아."

"난 안 울었어."

"울었어."

"그건 땀이야. 난 눈에서 땀이 나거든."

"괴물이야?!"

10년 만에 유우 오빠를 만나면——그것도 서프라이즈로——아사카는 어떤 반응을 할까.

대충 상상은 간다. 분명 엄청 울겠지.

빨리 넷이서 모이고 싶다.

그러기 위해서라도 우선은 이 시험을 극복해야만 한다.

"아저씨~, 아이스커피 한 잔 더."

"난 콜라 플로트."

그날은 녹초가 될 때까지 공부했다.

＊

별장의 창가에 서서 바다를 바라봤다.

기분 좋은 쾌청함.

바닷바람에 머리카락이 휘날렸다.

이렇게 아름다운 경치를 앞에 두고도 내 마음은 깊은 바다에 가라앉은 듯했다.

문득 드는 것은 죽으면 어떻게 될까, 하는 생각. 돌이킬 수 없는 세상이기에 사후 세계는 죽어보지 않으면 알 수 없다.

전혀 다른 사람으로 다시 태어날까, 아니면 죽으면 아무것도 없는 무의 세계일까. 똑같은 인생을 반복하거나 인간 이외의 생물로 환생한다는 설도 있다.

해석은 인간의 상상의 숫자만큼 있는 것이다.

난 지금까지 죽음에 구원을 바라는 사람들을 이해할 수 없었지만, 최근 들어 그들의 마음을 알 것 같은 느낌이 들기 시작했다.

만약 똑같은 인생을 반복한다면……

난 다시 겐도지 아사카로 태어나서 초등학교 1학년의 여름에 유우 오빠를 만날 수 있다. 그렇게 생각하면 왠지 용기가 샘솟는 듯한 느낌이 들었다.

그래, 몇 번이고 똑같은 인생을 무한하게 반복한다면, 난 무한하게 유우 오빠를 만날 수 있지 않은가.

그 반짝이는 추억을 무한하게…….

"유우 오빠……."

액자를 들었다. 넷이서 찍은 사진을 바라보고 있으니 갑자기 눈물이 쏟아져 나왔다.

난 다시 만날 수 있을까.

＊

토메이고속도로를 달리는 한 대의 시빅.

구름 한 점 없는 파란 하늘 아래로 후지산 번호판을 단 시빅은 단숨에 달려나갔다.

차량의 흐름을 읽고 적절한 차선 변경을 반복하면서 혼잡을 피했다. 특히 주의가 필요한 것이 추월을 막는 트럭이다. 녀석들이 좌우의 차선을 딱 막아버리면 큰 타임 로스가 생긴다.

그리고 암행 순찰차도 조심해야 한다. 지나치게 느린 스즈키 세단에는 특히 주의.

악덕 기업을 다니던 시절에 키운 2차선 도로를 가장 빠르게 주파하는 주법과 감으로 예정보다 빠르게 도착할 수 있을 것 같다.

도중에 남색 쿠페가 시비를 걸었지만 어느샌가 사라져 있었다. 추월당한 기억이 없으니, 분명 어딘가의 IC에서 빠졌을 것이다.

"이제 곧인가."

시각은 이제 곧 정오가 되려 하고 있었다. 난 핸들을 꺾어 하다노나카이IC에서 고속도로를 빠져나왔다.

시가지로 들어가 가까운 편의점에 차를 세웠다. 잠깐 쉬자.

"음~."

차에서 내려 몸을 쭉 펴니 곳곳에서 뚜둑뚜둑 하고 소리가 났다.

"끄어어, 뻐근하네~."

오늘은 아침부터 계속 차를 몰아서 등부터 허리 부근이 굉장히 저렸다.

오랜만에 장시간 운전을 했네.

왠지 악덕 기업에서 일하던 때가 떠올라 시무룩해졌다.

그때는 아침부터 밤까지 배달만 하는 매일이었다. 집에 와서 취미에 몰두할 시간도 없을 뿐만 아니라 그런 것에 쓸 기력도 없었다.

먹고 자고 일하고, 먹고 자고 일하고의 반복……

끝이 보이지 않는 지옥 속에서 감각도 차차 무뎌져 그저 매일 할당된 일을 달성하기 위해 전력을 다하는 나날.

어떻게 하면 혼나지 않는지, 스트레스가 쌓이지 않는지에 의식이 집중되어 있었다.

건방진 꼬맹이들과의 추억을 양식으로 삼아 힘내왔지만, 결국 몸을 버리고 자신의 인생을 되돌아보는 시간을 얻고서야 퇴직한다는 선택지가 시야에 들어왔다.

괴로운 것을 참고 견디는 게 보람이라고 착각하고 있던 난 정말 바보였어.

정말, 좀 더 빨리 그만뒀어야 했다.

……아니지, 이제부터 아사카를 만날 건데 무슨 칙칙한 생각을 하는 거냐.

"응?"

매너모드로 설정된 스마트폰이 착신을 알리고 있다는 것을 알아차렸다.

"네, 여보세요."

"유우냐?"

"아, 안녕하세요."

하나요시 씨다.

"슬슬 도착할 것 같은가?"

"네, 20분 정도 더 가면 될 거예요."

"아사카는 이미 도착했으니 그대로 바로 가줘. 나도 저녁쯤에 갈 예정이야."

"알겠습니다."

"아사카는 말이다, 절세의 미소녀로 컸으니까 깜짝 놀라지 말라고."

"하하하."

딸바보네.

"그럼, 나중에 보자."

"네."

하나요시 씨가 아사카를 깜짝 놀라게 하지 않겠냐면서 상의한 건 그저께의 일이다.

카나가와의 사립 여고를 다니고 있는 아사카는 시즈오카에 돌아올 기회가 좀처럼 없는 모양인지, 내가 귀성한 이후 세 달이 약간 안 되는 기간 동안 미야의 생일 외에는 돌아온 기색이 없었다.

그쪽이 돌아오지 못한다면 직접 만나러 가서 놀라게 해주자는, 말하자면 몰래카메라 같은 계획이었다.

마침 이번 주말, 아사카는 쇼난에 있는 겐도지가의 별장에서 지낼 예정이라고 하니 거기에 내가 깜짝 등장해서 놀라게 해주는 것이다.

"크크큭."

자, 아사카는 어떻게 컸을까.

미야처럼 분위기가 확 변했을까, 아니면 마히루처럼 건방진 꼬맹이 시절 그대로일까…….

아무리 그래도 아사카만큼은 갸루나 불량 청소년이 되진 않았겠지. 아니, 어렸을 때 얌전했던 아이일수록 커서 요란해진다는 이야기도 있다.

기대와 불안감에 가슴이 벅찼다.

점심으로 편의점 도시락을 먹고 내비게이션의 안내를 따라 다시 차를 몰았다.

하나요시 씨에게 들은 주소까지 조금만 더 가면 된다.

그러고 보니 카나가와현에 오는 건 이번이 처음이다. 고등학생까지는 시즈오카, 사회인이 된 이후로는 도쿄를 생활거점으로 삼고 있었지만, 그 사이에 있는 카나가와를 방문한 적은 한 번도 없었던가.

이동할 때도 통과하기만 했으니, 아사카랑 다시 만나면 같이 관광이라도 할까.

창문을 열자 바다의 향기가 들어왔다.

"푸르구나."

바다를 곁눈질로 보면서 해안가의 길을 달렸다.

여름이구나.

창문으로 비치는 햇볕이 강렬해서 한쪽 팔만 탈 것 같았다.

이미 해수욕장이 열렸는지 모래사장에는 드문드문 사람의 모습이 보였다. 빨간색과 하얀색의 파라솔에 수영복을 입은 여자아이.

아아, 나도 언젠가 저런 쭉쭉빵빵 몸매 좋은 여자랑 바다에 갈 수 있다면……

바닷가의 풍경을 뒤로하는 걸 아쉽게 여기면서 나는 숲 쪽으로 꺾었다.

'곧 좌회전입니다. 앞쪽에 커브가 있습니다.'

경치는 바다에서 산으로 확 바뀌었다.

나뭇잎 사이로 햇살이 내리쬐는 좁은 길. 한동안 고갯길 같은 구불구불한 길을 죽 올라갔다.

겐도지가의 별장은 약간 높은 땅의 중턱에 세워져 있다고 한다. 부근은 숲으로 둘러싸여 있으며 그 옆에는 프라이빗 비치가 있는 모양이다.

'곧 목적지입니다.'

내비게이션이 무기질적인 음성으로 알렸다.

이윽고 양옆의 숲이 끊어지고 탁 트인 곳으로 나왔다.

펜션풍 2층 건물. 그 옆에 있는 큰 차고에는 고급스러워 보이는 세단 한 대에 소형 트럭 한 대가 세워져 있었다. 그 옆에 시빅을 나란히 댔다.

주위가 나무에 둘러싸여 매미 소리가 사방에서 들려왔다. 그 소리에 파도 소리가 섞였다.

난 천천히 현관까지 걸어가 벨에 손가락을 댔다.

＊

"?"

영화를 보고 있는데 밖에서 시끄러운 엔진 소리가 들렸다.

잠시 뒤에 인터폰이 울렸다.

창문으로 바깥을 내다보니 낯선 하얀 차가 차고 안에 주차되어 있는 게 보였다.

누구일까.

아버지일까.

하지만 아버지라면 굳이 초인종 같은 건 누르지 않을 것이다.

가정부들은 장을 보러 간다고 했으니 내가 응대하는 수밖에 없다.

손님이라도 부른 걸까. 하지만 그런 이야기는 듣지 못했다.

오늘과 내일은 누구에게도 방해받지 않고 혼자 지내고 싶었는데.

"네~."

신발을 신고 밖으로 나갔다.

거기에는──.

"안녕."

"앗⋯⋯."

유우 오빠가 있었다.

건방진 꼬맹이는 동경해

1

"그럼 어른이 되면 하고 싶은 것은 내일까지 숙제로 낼게요. 다들 잘 생각해 와."

수업을 마무리하면서 담임선생님은 프린트를 나눠줬다. '장래의 꿈'이라는 글자가 크게 인쇄되어 있었고 그 옆에 하고 싶은 것과 이유를 쓰는 칸이 있었다.

소위 장래에 대해 생각하는 학습이다.

당연히 초등학생 저학년이 대상이기 때문에 진로 희망 조사 같은 요란한 것은 아니다. 동경하는 것이나 목표를 말로 표현하고 마주 보게 함으로써, 아이들의 학습 의욕과 향상심을 고취시키는 것이 목적이다.

"난 신칸센이 될 거야."

"난 프로 야구 선수."

"꽃가게를 하고 싶어."

"난 프○큐어."

쉬는 시간, 아이들의 화제는 장래의 꿈 하나로 통일되었다.

"마히루랑 아사카는 정했어?"

미야가 책상에 걸터앉아 물었다.

"난 간호사가 되고 싶어. 옷이 예쁜걸. 미야도 전에는 간호사 였지?"

"쯧쯧쯧, 그건 유치원 때의 이야기지."

미야는 검지를 작게 흔들었다.

"지금은 케이크 가게의 시대야."

"케이크 가게?"

"케이크 가게?"

미야는 의기양양한 표정으로 이어서 말했다.

"알겠어? 케이크 가게를 하면 매일 케이크를 마음대로 먹을 수 있어. 전에 아줌마랑 같이 케이크를 만들었으니까 만드는 법 도 이미 알고 있고."

"그렇네."

마히루는 턱에 손을 댔다.

"매일 케이크라. 그것도 좋네. 아사카는?"

"나? 나는…… 아직 못 정했어."

아사카는 백지인 프린트에 시선을 떨궜다.

"아사카도 같이 케이크 가게 하자."

"음~, 케이크라."

"간호사는 어때?"

"간호사라."

케이크 가게의 주인이나 간호사가 된 자신을 떠올려봤다. 매 일 케이크를 마음대로 먹는 건 매력적이고, 간호사복은 정말 예 쁘다.

"음~."

하지만 그다지 마음에 와닿지 않는 아사카였다.

방과 후, 세 사람은 여느 때와 같이 〈문 나이트 테라스〉를 방문했다.

"장래의 꿈?"

"아줌마의 장래의 꿈은 뭐였어?"

미야가 세 명을 대표해서 물었다.

"숙제라서 생각해야 해요"라며 아사카가 덧붙였다.

사야카는 고민스러운 듯이 미간을 찌푸리고 생각하는 모습을 보여줬다.

"그렇네, 아줌마는 배구 선수였으려나."

"배구?"라며 물어보는 마히루.

"그래 맞아, 아줌마는 고등학교 때 배구를 했어. 너희는 해본 적 있니?"

"없어."

"없는데."

"없어요."

"재밌어, 배구. 지금은 허리가 아파서 무리지만……."

"아저씨는?"

그렇게 물어보자 카운터 안쪽에 있던 순이 한마디,

"……일본에서 가장 빠른 남자가 되고 싶었다."

"뭐?"

"무슨 소리야?"

"육상 선수인가요?"

"……저 사람이 하는 말은 참고하지 않는 게 좋을 거야."

"유우 오빠는 있나요?"

아사카는 살짝 물어봤다.

"유우? 유우는 잠깐 나갔어."

"어디 갔어?"

마히루가 사야카에게 달려들었다.

"조금 멀리. 그래도 밤에는 돌아올 거야."

"뭐 하러 갔어?"

"지금 너희랑 똑같은 이유로 갔어. 장래를 위해서."

"?"

"?"

"?"

세 명은 똑같이 고개를 갸웃거렸다.

"그런데 유우 오빠의 어릴 때의 꿈은 뭐였어?"

미야의 질문을 받고 사야카는 먼 과거를 그리워하듯이 눈을 가늘게 떴다.

"걔는 분명…… 그래. 어릴 땐 피터 팬이 되고 싶다고 했었지."

2

"에잇에잇."

툇마루에 걸터앉은 미야는 무릎 위에 얼룩무늬 새끼 고양이를 두고 놀아주고 있었다. 일전에 아리츠키가 하교 도중에 주운 고양이다.

"귀엽네."

아사카가 옆에서 들여다봤다.

"안 할퀴어?"

마히루는 걱정스럽게 그 모습을 지켜보고 있었다.

"잘됐네, 메구미. 언니들이 놀러와 줘서."

자진해서 새끼 고양이를 맡은 사람은 아리츠키의 동급생인 시모무라 히카리였다. 검은 머리칼과 건강하게 탄 피부가 특징적인 슬렌더 미소녀는 툇마루에 나란히 있는 건방진 꼬맹이들 뒤에 무릎을 꿇고 단정하게 앉았다.

"이름, 메구미(惠)로 붙여줬어?"

미야가 히카리를 돌아봤다.

"맞아, 사랑을 듬뿍(惠) 받으라는 뜻을 담아서."

"사람 같은 이름이네"라는 마히루.

"그야 이 아이도 가족의 일원인걸. 제대로 된 의미가 있는 이름을 붙여줘야지."

메구미는 미야의 무릎에서 내려가더니 마히루의 무릎 위에 올라타 '야옹'하고 울었다.

"귀여워라."

마히루는 사랑스럽다는 듯이 메구미를 쓰다듬었다.

"귀엽지."

"……아니, 고양이랑 놀려고 온 게 아니잖아~."

건방진 꼬맹이들은 본론에 들어갔다.

"히카리 씨는 어릴 때 뭐가 되고 싶었나요?"

"어릴 적의 꿈?"

"숙제예요."

아사카가 프린트를 보여줬다.

"장래의 꿈…… 아~, 자주 나오는 숙제구나."

아사카가 아직 못 정해서 참고하려고 여러 사람한테 물어보고 있어. 참고로 난 케이크 가게."

"오, 좋네!"

"알고 있어? 케이크 가게 주인이 되면 매일 케이크를 마음대로 먹을 수 있어."

미야는 자신만만하게 가슴을 폈다.

"우, 우와. 대, 대단하네~. 마히루는?"

"난 간호사야. 옷이 예쁘니까."

"아, 그건 이해될지도. 그렇구나~. 어른이 되면 무엇이 되고 싶었는가……. 그렇네, 난 신부가 되고 싶었지."

"신부 말인가요?"

"그래, 너희랑 똑같은 정도로 어렸을 때 있지, 친척 언니의 결혼식에 갔는데 웨딩드레스를 입은 언니가 엄청 예뻐서 나도 크면 신부가 되고 싶다고 생각했어."

"웨딩드레스……."

아사카는 순백의 드레스를 입은 자신을 상상해봤다.

나쁘지 않다. 아니, 오히려 좋다.

그리고 웨딩드레스를 입은 자신의 옆에는 하얀 턱시도를 입은……

"역시 여자아이의 꿈이라고 하면 신부지."

"신부, 좋을지도 모르겠어요."

"신부는 어떻게 하면 될 수 있어?"

마히루가 물었다.

"어? 그야, 좋아하는 남자랑 결혼하면 될 수 있을 건데. 뭐, 너희한텐 아직 이르지. 여자는 16살이 안 되면 결혼은 못 하니까."

"16살……."

아사카는 아직 6살. 10년이나 있어야 한다. 올해 12월에 7살이 되지만, 그래도 아직 목표의 절반에도 못 미친다.

지금까지 살아온 인생의 배 이상이니 상당히 먼 여정이다.

"으~, 빨리 어른이 되고 싶어요."

어린 시절 따위는 빨리 끝나버리면 좋을 텐데, 라고 아사카는 마음속으로 외쳤다.

＊

그날 밤.

"엄마는 어릴 때 뭐가 되고 싶었어?"

아사카는 어머니의 무릎 위에 앉아서 물었다.

"어릴 때?"

"응."

"그러게."

엄마의 손이 아사카의 머리를 부드럽게 쓰다듬었다.

"되고 싶은 건 딱히 없었으려나?"

"에, 그래?"

"응. 하지만 꿈은 있었어."

"뭐야?"

"가족을 갖고 싶었어."

"……가족. 그럼 이뤄졌네."

"후후, 그렇네."

엄마—— 겐도지 아이카는 아사카를 껴안았다.

"할아버지가 있고, 아빠가 있고, 언니들은 이미 독립해버렸지만—— 아사카가 있어."

"엄마, 행복해?"

"응, 행복해."

"나도 행복해."

아사카는 엄마가 정말 좋았다.

건방진 꼬맹이는 기뻐

1

——토요일.

긴 오르막을 올라 뒤돌아보니 장엄한 후지산과 산기슭에 펼쳐진 우리 마을이 보였다. 가을에 접어들어 후지산은 눈으로 화장을 하기 시작했는지 정상 부근이 하얗게 물들어 있었다.

가을바람이 기분 좋다.

난 한동안 그 전망을 즐기고 발길을 돌려 겐도지가로 향했다.

"유우 오빠, 어서 와요."

"오 아사카, 실례합니다."

"에헤헤."

아사카가 팔에 달라붙었다. 긴 머리카락이 간지러웠다.

오늘은 아사카에게 초대를 받아 놀러 왔다. 미야와 마히루는 각자 볼일이 있는지 손님은 나 혼자다.

오늘 아사카는 타이트한 미니 원피스를 입었다. 다리가 드러나 있는데 안 추운가?

"야, 아사카, 걷기 힘들어."

아사카의 방에 들어왔다.

"게임해요."

"알았어 알았어."

텔레비전 앞에서 아사카가 준비하기 시작했다.

"아사카, 손님이니?"

문에서 남자가 얼굴을 내밀었다.

"아."

"아."

잠이 덜 깬 눈을 한 남자와 시선이 마주쳤다. 그 순간, 어색한 분위기가 흘렀다.

"시, 실례합니다."

"아아, 자네인가."

아사카의 아버지, 겐도지 하나요시였다.

2

아사카는 기뻤다.

오늘은 아침부터 아리츠키가 놀러 온 데다가 아버지도 일을 쉬는 날이라 집에 있어준다.

정말 좋아하는 두 사람이 함께 있어서 아사카는 굉장히 기뻤다.

"아버지도 같이 해요."

"……그래, 좋고말고."

사랑하는 딸이 같이 하자고 하면 거절할 수 없는 것이 아버지라는 존재다. 하나요시는 어색한 헛기침을 하고 머뭇거리며 방에 들어왔다.

두 남자는 아사카를 사이에 두고 앉았다. 배틀 로얄 형식의 3인 대전이 시작됐다.

"에잇, 에잇. 아, 아아~."

만족스러운 듯한 아사카와는 대조적으로 그들 사이에 흐르는 분위기는 굉장히 무거웠다.

"……."

"……."

거북하다.

그건 두 남자가 동시에 느끼고 있는 감정이었다.

"에잇, 에잇."

두 사람의 관계는 말하자면 아는 사람의 아는 사람 같은 것이다. 처음 만나는 건 아니지만, 그렇다고 해서 교류가 있는 건 아니다. 하지만 양자와 밀접한 관계가 있는 아사카라는 사람이 그 자리에 있는 이상, 상대를 소홀히 대할 수도 없는 것이다.

절묘하게 어색한 거리감이라 할 수 있겠다.

일전의 여아 폭행 미수 사건(프로레슬링 놀이)의 누명은 벗겨져 일단 화해는 했지만, 첫 만남이 그 모양이면 서로를 거북하게 여기는 건 필연이다.

"아, 졌어요."

아사카는 남은 목숨이 없어져 승부는 아리츠키 VS 하나요시의 1대1 대결로 이행되었다.

"……."

"……."

"둘 다 힘내라~."

그건 지옥이었다.

"……."

"……."

서로가 서로를 배려해서 캐릭터의 공격은 허공을 가르기만 할 뿐.

차라리 CPU가 더 좋은 경기를 할 것이다.

결국 시간이 다 돼서 비겼다.

"유우 오빠, 오늘은 컨디션이 안 좋네요."

"그렇네."

"아버지, 유우 오빠는 평소에는 더 강해요."

"하하하, 그러냐."

대화는 주로 아사카를 사이에 두고 이루어졌다.

아사카 입장에서는 둘 다 소중한 존재이니 이상하게 신경을 쓸 필요는 없다. 그런 아이의 천진난만함이 부러운 두 사람이었다.

"저 잠깐 화장실 갔다 올게요."

"!"

"!"

그때 중개 지점이 빠졌다.

아사카가 방에서 나가 둘은 그 자리에 남겨졌다.

"……."

"……."

마치 공기에 납을 녹여서 넣은 듯 무거운 공간이었다.

화제를 찾으려고 했지만, 둘의 나이 차이는 아버지와 아들 정도로 난다.

서로 타인이면 차라리 낫다. 무시하든 무시당하든 타인이라며 선을 그을 수 있다. 하지만, 그렇지만, 둘은 면식이 있는 것이다.

"……."

"……."

대화 없는 시간만큼 거북한 것은 없다.

두 사람은 아사카의 귀환을 간절하게 빌었다.

빨리, 한시라도 빨리 이 지옥에서 구출해달라는 마음으로 두 사람의 마음은 하나가 되었다.

아사카가 방에서 나간 지 1분이 경과했는데, 두 사람에겐 1분이 1시간처럼 길었다.

그때, 하나요시의 휴대전화가 울렸다. 옛날의 그리운 애니송의 착신음이다.

"······!"

"──실례. 뭐야, 메일인가."

하나요시는 전화였으면 그걸 핑계로 이 자리를 뜰 수 있었을 텐데, 라고 생각했다.

"······."

"······저기."

"왜 그러나?"

"좋아하시나요?"

＊

"오래 기다리셨죠."

돌아온 아사카의 눈에 들어온 것은 사이좋게 이야기하는 아리츠키와 하나요시의 모습이었다.

"난 역시 그 오프닝은 연방의 프로파간다라고 생각하는 게 딱

맞다고 생각해."

"아, 그렇죠. 작품의 내용이랑 전혀 다르죠. 뭐가 정의냐는 생각이 드는걸요. 하지만 지ㅇ이 완전한 정의냐고 하면 이야기는 또 달라지지만요."

"학살은 옹호할 수 없으니까. 참고로 유우 군이 좋아하는 모빌슈트는?"

"제일 좋아하는 건 역시 구ㅇ 커스텀일까요."

"잘 알고 있네."

"흉내 나는 걸 좋아해요. 하나요시 씨는요?"

"난 Z건ㅇ이지."

"왕도네요."

"그건 그렇고 젊은데 건ㅇ을 좋아하다니 신기하군. 게다가 우주세기파일 줄이야."

"아버지의 영향으로 어릴 때부터 좋아했어요."

"그렇다면 나중에 내 컬렉션도 보여주지."

"정말인가요?"

"유우 오빠, 아빠."

"오오, 아사카, 왔구나."

"무슨 이야기 하고 있었어요?"

"사람은 어떻게 하면 서로를 이해할 수 있는지에 대해 이야기 했단다."

"네?"

잘 모르겠지만 두 사람이 사이좋게 지내고 있어서 아사카는 기뻤다.

"이어서 해요."

"그래."

"그래."

아까 전과는 전혀 다르게 온화한 분위기였다.

이런 날이 쭉 이어질 거라 생각하니, 아사카는 정말 기뻤다.

1

──마치 인형이 나온 것 같다는 착각에 사로잡혔다.

등까지 기른 윤기 나는 검은 머리카락. 눈처럼 하얀 피부에 살짝 불그스름한 볼. 풍만한 가슴을 강조하는 듯한 타이트한 하얀 원피스. 키는 나보다 머리 하나 정도 작다.

가녀린 미소녀 같은 분위기였지만, 그 어리광쟁이의 옛 모습은 확실히 있었다.

"안녕."

안경 안쪽으로 보이는 커다란 눈동자는 놀라움과 당혹감으로 흔들렸고, '아······'라는 소리를 내며 열린 입은 닫힐 기미가 보이지 않았다.

후후후, 아무래도 서프라이즈는 성공한 것 같다.

과연 하나요시 씨가 딸바보가 될 만하다. 그 꼬맹이가 이런 일본풍 미소녀로 성장할 줄이야.

아사카와의 추억이 주마등처럼 차례차례 떠올랐다.

"오랜만이네──."

그렇게 내가 한 걸음 내딛은 순간이었다.

탓 하고 땅을 차는 소리가 들렸나 싶었더니, 아사카가 시야에서 사라졌다.

"어?"

그녀는 현관 앞에서 뛰쳐나가 별장 뒤편으로 달렸다.

"어? 어?"

갑작스럽게 일어난 일이라 내 머리가 상황을 이해하지 못했다.

뭐지?

왜 뛰쳐나가지…….

꼭 도망치는 것처럼…….

"잠깐만."

생각하는 것보다 먼저 몸이 움직였다.

나도 뒤늦게 그녀의 뒤를 쫓았다.

아사카가 뒤쪽의 숲속으로 뛰어들었다.

"이봐~, 아사카아."

어쩌면 내가 누구인지 몰랐을 수도 있다. 갑자기 남자가 찾아와서 신변의 위험을 느낀 걸 수도…….

난 달리기 힘든 숲속에서 하얀 등을 쫓으면서 외쳤다.

"나야, 아리츠키 유우야."

목소리가 들렸는지 아사카는 한순간 멈춰 섰지만 다시 달리기 시작했다.

"아사카?"

난 뭐가 뭔지 모르는 채로 아사카를 계속 쫓았다.

"그건 그렇고 빠르네!"

＊

왜?

왜 여기에 유우 오빠가?

"아사카아."

"하아, 하아."

태평한 분위기.

내 이름을 부르는 따뜻한 목소리.

그리고 저 부드러운 눈.

기억 속의 유우 오빠와 변함없는 모습에…… 나는, 나는……

"하아, 하아."

가슴속이 뜨겁다.

그 시절의 추억이 선명하게 떠오른다.

함께 수영장에 가고, 자유 연구에 도움을 받고, 불꽃놀이를 보고, 같이 자고, 다 같이 유우 오빠의 생일을 축하하고…….

"헉, 헉."

"기다려줘어."

내가 여기에 있다는 걸 아는 사람은 아버지뿐이다. 그렇다면 아버지가 쓸데없는 추측을 해서 유우 오빠를 불렀을 것이다.

정말 쓸데없는 참견이다.

나는, 나는──

만나고 싶지 않아.

"오지 마세요."

이윽고 숲이 끝나고 시야가 파랗게 물들었다.

"앗."

이 앞은 낭떠러지였다.

난 낭떠러지 끄트머리에 멈춰 섰다. 몇 초 늦게 유우 오빠가 따라잡았다.

"아사카, 나야. 기억 안 나?"

"……."

바다를 건너온 바람에 머리카락이 휘날렸다.

내 마음속과는 정반대로 상쾌한 파란 하늘이 눈앞에 펼쳐졌다.

온갖 마음이 가슴속에서 소용돌이쳤다.

"아리츠키 유우야. 놀라게 해주려고 하나요시 씨랑——"

"이대로 돌아가 주세요, **아리츠키 씨.**"

스스로도 놀랄 정도로 차가운 목소리가 나왔다.

"어?"

"그 이상 다가오면, 여기서 뛰어내릴 거예요."

＊

"그 이상 다가오면, 여기서 뛰어내릴 거예요."

"뭐? 자, 잠깐만."

상황이 이해가 안 된다.

기억은 하고 있는 것 같다. 하지만 이 차가운 태도는…….

뭐지? 혹시 10년 동안 돌아오지 않은 것에 대해 화내고 있는 건가?

아리츠키 씨라고 타인을 대하듯이 부르기까지 하고…….

"도쿄에 간 뒤로 한 번도 귀성하지 않은 건 미안해. 하지만 그건 사정이——"

"한 번 더 말할게요. 부탁이니까 이대로 돌아가 주세요, 아리츠키 씨."

"……아사카?"

분노를 품은 목소리는 아니다. 감정을 억제한 듯한 떨리는 목소리, 이건 오히려…….

"부탁이에요, 아름다웠던 당신으로 있어 주세요."

"……무슨 말이야. 왜 나한테서 도망치는 거야?"

"저에게 당신은 추억 속의 존재예요. 추억의, 마지막 보루."

"추억?"

"추억은, 더럽혀지면 두 번 다시 되돌릴 수 없어요."

"무슨 일 있었어?"

"…….."

"…….."

파도가 벼랑에 부딪쳐 튀는 소리가 몇 초 간격으로 들려왔다.

해수면과의 차이는 30미터는 족히 될 것 같다. 어떻게든 빈틈을 노려서 아사카를 안전한 곳까지 데려오고 싶은데…….

가능한 한 소리를 내지 않고 다리를 들려고 하자 아사카의 몸도 약간 움직였다.

"다가오지 마세요, 라고 했을 텐데요."

"위험하니까 이야기는 저기서 하자. 이리로 와."

"당신이 돌아가면 저도 돌아갈 거예요."

왜 그렇게까지 날 거절하는 건지, 아사카의 진의를 전혀 모르겠다.

바람 소리와 파도의 물보라 소리만이 귀에 남았다.

어느 정도의 시간이 흘렀을까.

영원 같았던 침묵을 깬 것은 아사카였다.

"어머니가, 말했어요."

"어머니?"

아사카의 어머니와는 10년 전에도 만난 적이 없었다.

몇 년 전에 불의의 사고로 세상을 떴다는 걸 후지노미야에 귀성한 후에 알았다.

"제 할아버지가 치매라는 건 알고 있죠? 그런 할아버지를 간호하느라 지쳐서…… 어느 날, 어머니가 할아버지에 대해 이렇게 말했어요."

빨리 죽어줘, 라고 중얼거린 아사카의 목소리는 당장이라도 울 것만 같을 정도로 떨렸다.

"전 어머니가 그런 말을 하는 게 믿기지 않아서 괴롭고 슬퍼서, 하지만 어머니는 그 후에 얼마 안 있어서 교통사고로 돌아가시고, 어머니는 제 안에서 아름다운 존재였는데, 어머니를 정말 좋아했는데, 지금 어머니를 떠올리면 아무래도 '빨리 죽어줘'라고 중얼거리는 모습만이 눈에 아른거려요. 어머니와의 추억은 잔뜩 있었을 텐데, 더럽혀져서 아무것도 보이지 않게 돼버렸어요."

"추억이…… 더럽혀졌다?"

"안 좋은 일이 있어도, 괴로운 일이 있어도 꾹 참고 어린 시절 당신과의 추억을 버팀목으로 삼아서 힘내왔어요. 하지만 그렇게 과거에 기대어 살았더니…… 언제부턴가 '지금'을 즐겁게 느끼지 못하게 됐어요."

그때, 아사카의 발치에 물방울 자국이 점점이 찍히는 것이 보였다.

"그러니 전, 당신과의 추억까지 잃을 순 없어요. 저에게 추억은 무엇보다도 소중한 것이에요. 잃어버리면 두 번 다시 만들지 못하니까, 잃어버리면 사는 의미가 없어지니까."

아사카는 외쳤다.

"그래서 전 당신과 만나고 싶지 않아요."

"……그런 건가."

이해가 안 되는 것도 아니다.

시간이 가면 대부분의 것은 변화한다.

인간이든, 사물이든, 언제까지고 똑같은 상태로 계속 있는다는 건 있을 수 없는 일이다.

그리고 그 변화가 돌이킬 수 없는 지경에까지 이르는 걸 참을 수 없는 거구나.

어른이 되어감에 따라서 사람은 더러워진다. 사회인이 되고 세상이 깨끗하게만 돌아가지 않는다는 걸 깨닫게 되었을 때, 확실히 나도 충격을 받았다.

이 세상에 아무렇지도 않게 악의를 품고 다른 사람을 대하는 인간이 있다는 사실에 분노를 느낀 적도 있다.

내가, 내 인간성이 **그런 식**으로 변해버렸다면 나와의 추억은 순진한 마음으로 돌아볼 수 없게 된다.

그런 건가.

"미안해."

"뭐가요?"

"좀 더 빨리 도쿄에서 돌아와서 너희 곁에 있어 줬다면, 버팀목이 되어줄 수 있었을지도 모르는데."

"……이제 와서 그런 말을 해도 곤란해요."

"나도 너희랑 만든 추억에 의지해 10년 동안 힘내왔지만, 결국 건강을 해치고 도쿄에서의 생활이 싫어져서…… 도망쳤어."

"……."

"당시에는 근성 없는 놈이라는 자기혐오로 머리가 가득 찼었지만, 이제 와서 생각해보면 그 선택은 틀리지 않았다고 믿을 수 있어. 역경에는 맞서야 하지만 괴로운 일, 싫은 일에서는 도망쳐도 괜찮아. 그런 걸 견딘다고 해도 아무것도 얻을 수 없어. 마음이 마모될 뿐이야."

"……."

"만약 내가 **싫다면**, 이대로 나한테서 도망치면 돼."

"……."

난 한 호흡 쉬고 다시 입을 열었다.

"내가 싫어?"

"아리츠키 씨, **논점**이 달라요. 전 당신을 싫어하고 싶지 않아서, 만나고 싶지 않은 거예요."

"……."

"……."

"……."

"……."

"……."

"……."

"……."

"……."

"이제, 유우 오빠라고 불러주지 않는 거야?"

"……읏!"

"……."

"……."

"……."

"……치사해요."

아사카는 뒤돌아보더니 쏜살같이 이쪽으로 뛰어 들어왔다. 눈물로 축축하게 젖은 얼굴이 내 가슴에 묻혔다.

"유우 오빠."

"아사카."

아사카를 안고 있으니 갑자기 눈물이 복받쳤다. 아사카도 내 가슴에 얼굴을 파묻은 채로 아이처럼 흐느껴 울었다.

"보고 싶었어, 계속, 계속, 보고 싶었어…… 으아아아아앙."

"혼자서 괴로웠구나."

"미안해요, 심한 말 해서 미안해요."

"신경 쓰지 마. 나야말로 10년이나 보러 안 와서 미안해."

"더는, 절 혼자 두지 마세요."

한동안 나와 아사카는 서로 안고 계속 울었다. 10년이라는 시간이 쌓은 마음을 토해내듯이.

이윽고 눈물도 멎자, 갑자기 아사카가 말했다.

"유우 오빠, 부탁이 있어요."

"뭐야?"

"전 살아 있어도 즐겁지 않아요. 그러니——"

아사카는 내 가슴에 얼굴을 댄 채로 말을 이었다.

"당신을, 제가 살아가는 목적으로 삼아도 될까요?"

2

"으, 음~."

매미 소리가 시끄럽다.

벌써 아침인가.

희미한 시야가 창문으로 비치는 아침 해를 받아 점점 선명해져 갔다. 조금 쌀쌀한 건 냉방이 켜져 있기 때문일 것이다. 썰렁한 공기가 실내에 차 있었다.

응?

냉방?

내 방에는 에어컨이 없을 텐데…….

한순간 자신이 어디에 있는지 몰랐다. 몇 초 뒤에 여기가 겐도지가의 별장이라는 것을 깨달았다.

그래 맞아, 어제 이 별장에 와서 하나요시 씨, 아사카랑 같이 저녁으로 중화요리를 먹으러 갔고 그대로 여기서 묵었지.

"응?"

이불 속에서 뭔가 묘한 압박감과 온기를 느꼈다.

부자연스럽게 불룩한 이불.

잘 보니 마치 호흡하는 것처럼 작게 위아래로 움직이고 있었다.

"……."

아니, 설마.

난 쭈뼛거리며 이불을 젖혔다.

"아."

안에는 아사카가 있었다.

아사카는 내 가슴에 얼굴을 얹고 만족스러운 듯이 자면서 숨소리를 내고 있었다.

"왜, 왜?"

어제 침대에 누웠을 때는 혼자였던 걸로 기억한다. 대체 어느 틈에……

아니, 그보다 놀라운 것은 아사카의 복장이다. 얇은 캐미솔 한 장에 속옷만 입은 엄청난 모습. 그녀의 큰 가슴에 눌린 복부에 열이 차서 한순간 이성이 날아갈 뻔했다.

이, 이건 좋지 않다.

그보다 이 부드러운 감촉, 이 녀석 설마 노브──.

온몸의 피가 하반신에 집중되어 갔다.

큰일이다. 난 순간적으로 아버지의 알몸을 상상해서 흥분을 상쇄했다.

위, 위험했다.

"야, 아사카, 일어나."

그녀의 작은 등을 두드렸다. 잡티 하나 없는 우유 같은 피부다.

"아사카."

"으응? 아, 유우 오빠. 좋은 아침이에요."

아사카는 황홀하게 달콤한 목소리를 내며 몸을 더더욱 휘감아 왔다.

"너 뭐 하는 거야. 진짜."

"유우 오빠랑 같이 자고 싶어져서. 에헤헤, 어릴 때가 생각나네요."

아사카는 주눅 드는 기색도 없이 날 껴안은 채로 움직이려 하지 않았다.

은은하게 나는 꽃 같은 달콤한 향기와 아사카의 체온이 내 이성을 흔들었다.

"유우 오빠, 따뜻해요."

"이제는 서로 어른이니까 그런 건——"

말하는 도중에 입이 멈췄다.

아사카가 눈물을 글썽이며 날 바라보고 있었다.

"제가…… 싫은가요?"

"……싫을 리가 없잖아."

"에헤헤, 그럼 제가 **하고 싶은 대로** 할게요."

그 후 아사카는 한동안 나한테서 떨어지려 하지 않았다.

역시 이 녀석은 10년이 지나도 어리광쟁이인 그대로인가.

어제 아사카는 이렇게 물었다.

나를, 자신의 살아가는 목적으로 삼아도 되냐고.

아마 지금의 아사카에게는 정신적인 지주가 필요할 것이다. 현재를 즐길 수 없어서 추억을 마음의 버팀목으로 삼았을 정도다.

내가 그걸 대신할 수 있다면, 귀여운 동생을 위한 일이니 기꺼이 발 벗고 나설 것이다. 게다가 만약 그때 아사카를 거절했다면 정말로 낭떠러지 아래로 뛰어내리지 않을까 하는 위기감도 있었다.

그래서 난 이렇게 대답했다.

'아사카가 하고 싶은 대로 해도 돼.'

그렇게 말하긴 했지만, 설마 어릴 때랑 똑같이 딱 달라붙어서 어리광을 부릴 줄은……

아이였기 때문에 괜찮았던 것도 현재의 기준으로 보면 완전히 아웃이 아닐까. 그때는 고등학생과 초등학생이었으니 남매 같은 사이라서 건전했는데 지금은 아저씨와 여고생. 반쯤 범죄이지 않은가.

"아사카, 슬슬 일어나자. 샤워하고 싶어."

"네, 알겠어요."

그렇게 난 욕실로 향했다. 역시 부자의 별장이다. 개인실에 전용 욕실까지 완비되어 있으니 놀랍다.

"잠깐, 아사카."

"네?"

아사카는 어리둥절해하는 눈으로 바라봤다.

"왜 따라오는 거야?"

"등을 밀어주려고요."

아사카는 그렇게 말하고 싱긋 미소 지었다.

"등이라니……."

캐미솔과 속옷만 입고 있으니 눈을 둘 곳이 없다.

"아냐, 괜찮아."

"사양하지 마세요."

"사양이 아니라…… 샤워만 하는 거니까…… 헉!"

여기서 또 거절하면 자신이 거절당했다고 착각할지도 모른다.

아사카는 옛날부터 그런 것에 민감했다. 그렇다면……

"아사카, 그보다 배가 고프니까 아침 식사 준비가 됐는지 보고 와줬으면 좋겠어. 부탁할 수 있을까?"

"네, 알겠어요."

아사카가 총총 나갔다.

"아, 옷 입고 가!"

"네~."

"나 참."

무사히 샤워를 하고 단장을 하고 있으니 하나요시 씨가 찾아왔다. 얼굴이 창백한 걸 보니 숙취인 것 같다.

"여어, 좋은 아침."

목소리가 평소보다 잠겨 있었다.

"안녕하세요."

"이야아, 어제는 너무 마셨어. 아직도 머리가 아파."

"괜찮으세요?"

"유우 군은 쌩쌩하네."

"전 적당히 마셔서요."

어젯밤에는 늦은 밤까지 하나요시 씨와 반주를 했다. 아사카도 있었는데, 물론 술은 마시지 않고 밤늦게까지 아저씨들의 술자리에 동석하게 해버렸다.

"난 오늘은 느긋하게 쉬는 걸로 하지. 아사카를 잘 부탁한다. 역시 오랜만에 자네를 만나서 좋아하는 것 같아."

"아, 네."

"그럼."

어찌 됐든 이렇게 무사히 아사카와 재회할 수 있었다.

세 건방진 꼬맹이 전원과 재회해서 드디어 돌아왔다는 실감이 나기 시작했다.

뭐, 여긴 쇼난이지만.

*

마음이 가볍다.

마치 날개가 돋아난 것 같다. 어제까지 울적했던 자신이 거짓말처럼 느껴졌다.

눈에 보이는 모든 것이 신선해서 마치 처음으로 색이라는 것을 인식한 것처럼 세상이 선명했다.

"흥흐흥~, 흥흐흥~."

난 가벼운 발걸음으로 복도를 달려 유우 오빠의 방으로 돌아왔다.

"유우 오빠, 이제 곧 아침 먹을 거예요."

"그래."

유우 오빠의 모습을 보는 것만으로도 마음이 채워져 간다. 그리고 그와 닿으면 온몸에 행복의 원천이 흘러들어오는 듯한 느낌이 들었다.

유우 오빠의 손을 잡고 양손으로 감쌌다. 거칠고 큰 손. 옛날부터 날 쓰다듬어준 정말 좋아하는 손.

"왜 그래? 아사카."

"아무것도 아니에요."

지금 이 시간이 영원히 계속되면 좋겠다고 느낄 정도로, 난 행복했다.

그렇게나 만나는 것을 거부했는데, 지금은 유우 오빠가 없는 인생 같은 건 생각할 수 없다.

이 사람을 위해 살자.

이 사람은 내가 사는 목적이니까.

난 다시금 그렇게 생각했다.

＊

"후우."

식후의 커피를 다 마시고 거실의 소파에서 편하게 쉬고 있으니 아사카도 왔다.

분명 옆에 앉을 줄 알았는데, 그녀는 소파 위에 벌렁 누워 머리를 내 무릎 위에 얹었다.

"유우 오빠."

"야 야 아사카, 이제 고등학생이잖아?"

"에헤헤, 그치만 오랜만이잖아요."

10년 전에도 이렇게 하지는 않았던 것 같은데…….

"난감한 녀석이네."

"쭉 이러고 싶었어요. 유우 오빠, 이젠 어디에도 가지 마세요."

"그래, 쭉 너희 곁에 있을게."

"만약 멋대로 사라지면 어디까지든, 땅끝까지라도 쫓아갈 거예요."

"하하하, 무섭네."

아사카도 농담을 하게 됐구나.

"아사카도 여름 방학 때는 시즈오카에 돌아오지?"

"네! 넷이서 보내는 여름 방학, 벌써부터 기대돼요."

아사카는 안경을 벗고 테이블 위에 놓았다.

"유우 오빠, 쓰다듬어주세요."

"넌 정말 강아지나 고양이 같구나."

그렇게 작았던 아사카가 인형 같은 미소녀로 커서 놀랐는데, 내면은 거의 변하지 않은 것 같다.

마히루는 꼬맹이 시절의 개구쟁이 같은 모습은 남아있으면서도 속은 똑 부러지게 성장해 있었다. 하지만 아사카는 좋은 의미로도 나쁜 의미로도 어린 그대로인 것처럼 느껴졌다.

그만큼 추억에 얽매여 있었을 것이다.

나와의 추억을 마음의 버팀목으로 삼을 정도로 소중히 생각해준 건 기쁘지만, 그게 아사카를 10년 동안 묶어뒀다고 생각하면 복잡한 기분이 들었다.

나도 미야와 재회하게 되었을 때, 그 녀석이 정말로 갸루나 불량 청소년이 됐을 거라고 착각해서 그때는 만나는 게 무서워졌으니 아사카의 마음은 잘 이해된다.

변화를 받아들이는 건 용기가 아주 많이 필요한 법이다.

윤기 나는 머리카락을 쓰다듬자 아사카는 얼굴을 내 배 쪽으로 파묻고 팔을 허리에 두르며 안겨 왔다.

"잠깐만, 아사카, 그 자세는 별로 좋지 않아."

다른 사람이 보면 착각할지도 모른다.

"왜요."

아사카의 목소리와 숨이 하복부에 스며들었다.

"왜냐니."

난 아버지의 알몸과 하나요시 씨의 알몸을 떠올려 흥분을 진정시켰다.

"우후후, 유우 오빠."

그때, 문의 불투명 유리 너머로 사람의 그림자가 보였다. 큰일이다. 저 실루엣은 하나요시 씨다. 이런 모습을 보이면 또 엉뚱한 의심을 받을지도 모른다.

프로레슬링 놀이의 기억이 내 뇌리를 스쳐 지나갔다.

끼익 하고 문이 열린 순간—— 아사카는 마치 자석이 반발하듯이 재빠르게 나한테서 떨어져 아무렇지도 않은 얼굴로 소파에 다시 앉았다.

"오오, 둘 다 있었구나."

아사카는 안경을 쓰면서 말했다.

"아버지, 지금 일어났나요? 벌써 10시예요."

"숙취가 심해서 말이다."

"그럼 좀 더 주무시는 게 좋겠어요. 유우 오빠, 가요."

난 아사카에게 손을 이끌려 밖으로 나왔다.

별장에 있는 언덕 옆쪽에 위치한 겐도지가의 프라이빗 비치. 하얀 모래사장에 밀려오는 파도는 햇빛을 받아 반짝였다. 하늘과 바다의 파란색이 만나는 수평선에는 요트가 떠있었다.

"바다가 예쁘네."

왼편의 언덕을 올려다보니 어제 아사카와 재회한 절벽 끝부분이 보였다. 저 높이에서 떨어지면 아마 살 수 없을 것이다.

아사카는 샌들을 벗고 하얀 원피스의 옷자락을 들어 올리며 바다에 들어갔다. 하얀 맨다리가 허벅지 부근까지 드러나 순간적으로 눈을 돌렸다.

"꺄, 차가워요."

아사카는 참방참방 물을 튀기면서 계속해서 나아갔다.

"유우 오빠도 오세요."

"어쩔 수 없네."

그러고 보니 바다에서 노는 것도 오랜만이다. 수영복이 없으니 너무 격렬하게 놀 수는 없지만. 아사카를 따라가려고 했으나 그녀는 계속해서 앞으로 나아갔다.

"이봐, 너무 깊은 곳까지 가지 마."

"알고 있어요. ──앗."

모래에 발이 걸렸는지 아사카는 균형을 잃었다.

"거봐라."

난 달려가서 아사카의 손을 잡았다.

"잡아."

"와왓."

아사카는 그대로 내 쪽으로 넘어졌고, 모래의 토대가 불안정해서인지 나까지 같이 넘어지고 말았다.

둘이 함께 흠뻑 젖었다.

"야, 다친 곳은 없어?"

"괜찮아요."

"나 참──!"

하얀 원피스가 바닷물에 젖어 밝은 파란색 속옷이 비쳐 보였다. 큰 산을 감싼 하늘색 천에 원피스의 얇은 옷감이 달라붙었다.

"유우 오빠? 왜 그러세요?"

"아, 앞쪽 가려. 비쳐 보여."

"아…… 유우 오빠 변태."

"부, 불가항력이잖아."

온몸이 바닷물 범벅이 됐다. 목욕에 세탁까지 필요하겠다.

"아사카, 별장에 세탁기 있어?"

"네, 있어요."

별장에서 해변까지는 절벽을 깎아서 만든 돌계단이 있다. 경사가 심한 계단을 다 올라가 뒷문으로 별장에 들어갔다.

"유우 오빠, 이왕이면 노천탕에 들어가 주세요."

"그런 게 있어?"

"네, 지금 날씨면 바다가 깨끗하게 보일 거예요. 이쪽이에요."

아사카가 2층의 야외 욕장으로 안내했다.

바닥에는 굵은 자갈이 깔려있었고, 온천풍의 돌로 만들어진 욕조에는 **이미** 따뜻한 물이 채워져 있었다. 바다에 접한 쪽을 바라보니, 마침 숲이 끊어진 틈이 있었고 그 너머로 푸른 바다를 볼 수 있었다.

초록색과 파란색의 대비가 눈에 편안했다.

"오오."

"젖은 옷은 저기 있는 바구니에 넣어주세요. 갈아입을 옷도 가져올게요."

"고마워."

나는 아사카가 나간 후에 옷을 벗고 태어난 그대로의 모습이 되어, 샤워를 한 뒤 바닷물을 씻어내고 따뜻한 물에 뛰어들었다.

"호오오."

기분 좋다.

자연의 풍경을 즐기면서 몸을 담그는 게 이렇게 기분 좋을 줄이야.

이거 중독되겠네. 힘을 쭉 빼면서 몸을 폈다.

새가 파란 하늘을 가로질러 갔다.

지극히 행복한 시간이다.

그때, 드르륵 하고 소리가 났다. 찰박찰박 걷는 소리도 들렸다.

"갈아입을 옷 가져왔어요."

아사카의 목소리다.

"고마워."

"옷은 세탁 중이에요. 건조기도 있으니까 금방 마를 거예요."

"고마워."

"물 온도는 어떠세요?"

"아, 딱 좋아."

"그런가요. 그럼 저도 실례할게요."

참방, 하고 수면에 물결이 일었다.

"……어?"

3

〈문 나이트 테라스〉의 가게 안. 오늘도 여전히 시험공부다. 유우 오빠는 오늘 밤에 돌아온다고 한다.

"아사카 깜짝 놀라겠지."

내가 그렇게 말하자 마히루는 샤프를 쥔 손을 멈췄다.

"진짜 서프라이즈였으니까."

"아사카, 계속 만나고 싶어 했잖아."

"어릴 때처럼 딱 달라붙을지도."

"설마, 그러진 않겠지. 이제 다 컸으니까."

아사카는 한 걸음 물러선 곳에서 전체를 보는 어른스러운 성격을 가지고 있으니 분명 유우 오빠도 놀라겠지.

"그것도 그런가."

"그래."

어릴 때라면 그럴 수 있을지도 모르지만, 지금의 아사카는 그러지 않을 것이다.

"아하하하하."

"그러고 보니 거기 있는 별장에는 바닷가가 있었지."

쇼난의 별장에는 몇 년 전에 나와 마히루도 놀러 간 적이 있었다. 수영은 잘 못하지만 물가에서 노는 건 좋아한다.

그때는 셋이서만 놀았었지.

"둘이서 한발 먼저 수영하고 있을지도 모르겠네."

푸른 바다, 하얀 구름, 그리고 달궈진 모래사장.

바닷바람과 매미 소리를 BGM으로 삼아 헤엄치고 놀고 먹고……

생각만 해도 기분이 들뜬다. 무엇보다도 올해는 유우 오빠가 있으니까.

"아아, 부럽다. 나도 빨리 헤엄치고 싶네."

마히루는 테이블 위에 팔꿈치를 괴고 양손으로 얼굴을 받쳤다.

"그보다 마히루, 손이 멈췄어. 여름 방학 전에 우선은 이 시험을 이겨내야지."

"알고 있어. 그보다 미야도 얼굴이 늘어져 있어."

"아, 안 늘어졌거든…… 얼굴이 늘어지다니 무슨 소리야?!"

"아, 아저씨, 콜라 한 잔 더."

여름방학이 기대된다!

*

"어?"

따뜻한 물에 하얗고 부드러운 살갗이 가라앉아 갔다.

"기분 좋네요."

어깨가 맞닿아 거기서 목욕물 온도 이상의 열이 발생했다.

"아, 아사카?"

난 순간적으로 앞을 손으로 가렸다.

"너, 너, 너, 너."

수건으로 앞을 가리고 있지만 욕조에 들어오면 수건은 둥둥 떠서 가리는 효과가 떨어진다.

"어릴 땐 같이 목욕한 사이잖아요. 기억 안 나요?"

태풍이 불던 밤, 겐도지가에서 묵었을 때 확실히 아사카와 같이 목욕을 했지만……

"그렇지만, 그렇지만."

그때의 아사카는 수영복을 입고 있었지만, 지금은 천 조각 한 장이다.

"하고 싶은 대로 할게요. 언질은 이미 받았으니까요."

몸을 바싹 붙이고 팔짱을 끼자 말캉한 느낌이 날 덮쳤다.

"──웃."

그리고 아사카는 내 위에 올라타서 그대로 자신의 몸을 맡겼다. 의류가 없는 만큼 감촉이 직접 전해졌다.

올려 묶은 긴 머리카락 아래로 하얀 목덜미가 드러났다.

"야, 너 뭐 하는 거야."

"안 놓을 거예요."

등에 팔을 두르고 얼굴을 내 목으로.

여기 몸을 담근 지 아직 5분도 지나지 않았는데, 벌써 머리가 어질어질해졌다.

"유우 오빠, 오늘 돌아가죠? 또 한동안 못 만나게 되니까."

그렇게 아사카는 내 목에 입술을 댔다.

"아사카?"

목에서 쪽 하고 작은 소리가 났다.

"유우 오빠 냄새, 좋아해요. 안 변했네요."

난 오로지 지금까지 만난 아저씨들의 알몸을 상상했다. 그렇게라도 하지 않으면 내가 나를 억제할 수 없게 된다.

아사카는 날 오빠 같은 사람으로서 잘 따라주고 있을 뿐이다. 동생 같은 아이한테 엉뚱한 생각을 하다니, 절대로 안 된다.

물씬 풍기는 아사카의 냄새와 온몸을 감싼 따뜻한 물의 열기로 머리가 어질어질했다.

"아, 아사카⋯⋯."

"유우 오빠, 제겐 당신만이 살아가는 목적이에요. 당신이 제 전부예요. 그러니 저도 당신께 전부 바칠게요. 머리끝에서 발끝까지, 전⋯⋯ 당신의 것이에요──."

그 이후의 기억은 없었다.

"헉──."

정신을 차리고 보니 난 거실의 소파 위에 눕혀져 있었다.

"어, 어라?"

"오, 정신이 들었나."

맞은편 소파에 앉은 하나요시 씨가 말을 걸었다.

"네? 어라? 왜⋯⋯."

"목욕하다 현기증이 나서 정신을 잃다니, 역시 유우 군도 숙

취었던 것 아냐? 우연히 아사카가 상황을 보러 가지 않았다면 위험할 뻔했다고."

"네, 죄송합니다."

아무래도 난 현기증이 나서 기절하고 만 모양이다. 아사카랑 같이──그렇다기보다는 일방적으로──목욕을 한 것 같은데……

"유우 오빠, 물 마셔요."

주방 쪽에서 아사카가 컵을 손에 들고 다가왔다.

"어어, 고마워."

차가운 물이 목에 스며들었다.

"유우 오빠."

아사카는 내 쪽으로 얼굴을 가까이 대더니.

"같이 목욕한 건 비밀이에요."

그렇게 속삭였다.

"……."

역시 아사카랑 같은 탕에 들어갔었나.

아무리 잘 아는 사이라 해도 여고생과 같이 목욕을 하다니 거의 범죄잖아.

마히루도 그렇고, 아사카도 그렇고, 좀 더 정조 관념을 가지는 편이 좋겠다. 아사카는 어릴 때랑 똑같이 대하고 있을 뿐일지도 모르지만.

그러고 보니 그때── 정신을 잃기 직전에 아사카가 뭔가 말한 것 같은데 기억이 안 난다.

하지만 하나요시 씨 앞에서 그런 걸 물어볼 수도 없어서 난 그 날 애를 태우며 지냈다.

저녁에는 하나요시 씨 주선으로 해변에서 바비큐를 즐겼다.

수평선으로 지는 석양을 보면서 그릴을 둘러쌌다.

"유우 오빠, 하나 드세요."

아사카가 캔맥주를 건네줬다.

"아아, 고마워…… 아니, 안 마셔. 오늘 돌아가니까."

"어머, 아쉬워라."

"아사카, 아빠는 마실 거야."

"그 정도는 직접 가져가 주세요."

"아, 응."

고기를 접시에 담고 있으니 아사카가 옆에 다가와서 입을 크 게 벌렸다. 아~, 해달라는 뜻인가. 나 참, 애도 아니고.

"자, 뜨겁다."

"앙."

입술에 묻은 소스를 혀로 낼름 핥는 게 요염했다.

입술……?

갑자기 목에 뜨거운 감촉이 되살아난 것 같은 느낌이 들었다.

"왜 그러세요? 유우 오빠."

"아아, 아니, 아무것도 아냐."

그리고 저녁을 먹은 후, 난 돌아갈 준비를 하기 시작했다.

"그럼, 갈게."

"네."

"조심해서 가거라."

"신세 졌습니다."

시빅에 올라타 시동을 걸었다. 긴 것 같으면서도 짧고 농밀한 이틀이었다.

여러 일이 있었지만 10년 만에 아사카를 만나서 좋았다.

"그럼 간다."

창문을 열자 아사카가 얼굴을 들이밀었다. 달콤한 향기가 코를 간질였다.

"유우 오빠, 즐거웠어요."

"그래, 여름 방학이 되면 또 놀자."

"네. 만나러 와줘서 고마워요. 분명 전 먼저 용기 낼 수 없었을 거예요."

"그럼 다음에는 아사카가 만나러 와줘."

"네, 꼭이에요."

아사카는 아쉬운 듯이 떨어졌다.

그 쓸쓸해 보이는 얼굴에 어린 시절의 아사카의 모습이 떠올랐다. 헤어질 때의 쓸쓸해 보이던 얼굴이…….

어차피 내일 또 만날 수 있는데도, 아사카는 헤어질 때 항상 쓸쓸해했었지.

"그럼 또 보자."

난 차를 몰아 겐도지가의 별장을 뒤로했다.

"아."

토메이고속도로에 들어와서야 아사카에게 빌린 옷을 그대로 입고 있다는 것을 깨달았다.

　원래 입고 있었던 옷도 겐도지가의 별장에 두고 왔다.

　"……뭐, 됐나."

　다음에 만날 때 돌려주면 되겠지.

　밤의 고속도로를 달렸다.

　아사카의 달콤한 잔향이 차 안에 가득했다.

＊

　유우 오빠는 옷을 갈아입지 않은 채로 돌아가 버렸다.

　모처럼 세탁했는데.

　셔츠도 바지도, 그리고 속옷도…….

　"……하아."

　유우 오빠의 냄새가 내 코를 채웠다.

　"좋아."

　정말, 행복해.

1

좋은 날씨다.

오늘도 후지산이 잘 보인다.

난 동쪽 하늘에서 비치는 아침 해를 눈에 새기고 테라스석 청소를 시작했다. 북쪽에 우뚝 솟은 커다란 후지산을 보니 마음이 안정된다.

쇼난에 머무른 건 불과 이틀이었는데 마치 2주 가까이 있었던 것 같은 착각이 들었다. 그만큼 진한 이틀이었다.

아사카와의 극적(?)인 재회부터 시작해서 어릴 때와 같은 아사카와의 대화, 그리고 헤어짐.

떠올리기만 해도 몸이 뜨거워진다.

동시에 생각나는 것은 그 부드럽고 매끈매끈한 피부의 감촉. 그리고 휘감겨 오는 고혹적인 향기……

바보야!

아사카는 날 믿고 있는데 그런 생각을 하다니, 부끄러운 줄 알아라.

애초에 동생 같은 아이한테 못난 마음을 품는다는 건 당치도 않은 일이다.

뭐, 그건 그렇고 아사카의 인생에 이정표가 생긴 건 좋지만 내가 그 역할을 다할 수 있을까.

결국 아사카가 느끼던 '변화에 대한 공포' 문제가 해결된 건 아니다. 그 녀석은 분명 지금도 추억의 세계와 현실 세계의 변화 사이에서 슬픔을 느끼고 있을 것이다.

그 누구도 변해가는 세상을 막을 수는 없다.

추억은 돌아볼 수밖에 없다.

그러니, 인간은 '지금'을 어떻게든 즐길 수밖에 없다.

아사카가 앞을 보고 살아가기 위해 내가 할 수 있는 게 있다면 뭐든지 해주자.

귀여운 동생 중 한 명이니까.

그래도 너무 과한 스킨십은 자제해줬으면 하지만.

청소를 끝내고 가게 안으로 돌아갔다.

다음에 아사카와 만나는 건 여름 방학에 들어간 뒤다.

앞으로 2, 3주 정도인가.

미야, 마히루, 아사카.

그 녀석들과 보낼 여름이 코앞까지 다가와 있다.

기대된다.

2

"덥네에."

해님은 질 것 같으면서도 지지 않고, 탐정에게 추궁당하는 살인범처럼 서쪽 하늘에서 끈질기게 버티고 있었다. 난 목에 난 땀을 수건으로 닦고 빠른 걸음으로 학교를 나왔다.

방과 후, 난 기합과 의욕을 충전하기 위해 〈문 나이트 테라스〉에 들렀다.

카페오레를 주문하고 안쪽 테이블석으로.

이번 주 수목금은 드디어 기말고사다.

오늘과 내일이 가장 중요한 때다.

그렇다고는 해도 이미 대부분은 머리에 집어넣었다. 부주의한 실수만 주의하면 아무 문제 없다.

스스로 말하는 것도 좀 그렇지만, 난 그럭저럭 능력 있는 여자다.

이제 전체적으로 다시 보고 실전에 임하자.

몇 분 뒤, 유우 오빠가 카페오레를 가져왔다.

"어라? 마히루는 안 와?"

"마히루는 잠깐 볼일이 있어서 그 일을 끝내고 온대."

"그래?"

"그보다 유우 오빠, 아사카는 잘 지내고 있었어?"

오랜만에——10년 만에——유우 오빠를 만났으니까. 그것도 서프라이즈로. 아사카는 상당히 놀랐을 테고, 유우 오빠도 아사카의 성장에 놀랐을 것이다.

어릴 때는 여동생 캐릭터에 어리광쟁이였지만, 아가씨 학교에서 배운 게 있어서인지 지금은 청렴결백한 아가씨 같은 분위기가 나서 우리 셋 중에서 가장 어른스럽다.

사실 아사카가 그렇게 컸다는 사실을 유우 오빠한테는 지금까지 가르쳐주지 않았다. 아사카의 갭에 놀랄 것이라는 장난스러운 마음이 있어서였다.

"……어, 아, 응. 잘 지내고 있었어."

"?"

뭔가 이상한 공백이 있었던 것 같다.

"그 반응은 뭐야?"

"뭐가?"

"아사카랑 만났잖아?"

"어어, 그렇지. 잘 있었어."

"흠~."

……아무래도 이상하다.

목소리에 억양이 없고 딱딱하다는 느낌이 들었다. 쇼난에서
무슨 일이 있었던 걸까.

불온한 상상이 뇌리를 스쳐 지나갔다.

아니 설마, 아사카만큼은 이상한 짓은 안 하겠지. 양식 있는
어른이고 아이가 아니니까.

마히루가 아니니까.

10년 전에는 아사카가 유우 오빠한테 제일 찰싹 붙어있었지
만, 아무리 그래도 고등학생이 되어서 똑같은 행동은 안 할 것
이다.

하지만 유우 오빠의 이 반응은…….

신경 쓰여.

한번 떠볼까.

"아사카, 전혀 **안 변했지**?"

"아, 그 어리광쟁이는 전혀 안 변했어."

"어?"

"왜, 왜 그래?"

"안 변했…… 어?"

"그렇네, 외모도 그렇고, **성격도 옛날이랑 거의 같았어.**"

"그, 그래."

"그런 의미에선 마히루랑 똑같아. 꼬맹이 때랑 안 변했으니까."

"아하하."

"──아, 네~, 지금 갑니다~."

유우 오빠는 다른 손님에게 불려서 그쪽을 응대하러 갔다.

난 방금 한 대화를 되새겼다.

외모도 그렇고, 성격도……?

그리고 어리광쟁이라는 말……

변하지 않았다라……

"……."

서, 설마, 유우 오빠의 그 어색한 반응까지 생각하면…… 어릴 때랑 똑같이 유우 오빠를 대한 거야?!

아니아니아니아니, 그건 아니지.

다시 생각해보면 어릴 때 아사카의 어리광은 보통이 아니었다.

태풍이 왔을 때 집에 돌아갈 수 없게 된 유우 오빠가 겐도지에서 머물면서 같이 목욕을 하거나 같은 침대에서 잔 적도 있다고 들었다.

하지만 그건 동생이 보호자인 오빠에게 어리광을 부리는 것과 같은 것이지, 지금 나이에 그렇게 하면 확실하게 국가 권력에 신세를 지게 된다.

뭐, 아무리 그래도 그렇게까진 안 했겠지만.

그래도 그 아사카가 말이지.

똑 부러지는 동생 같은 아이라 생각하고 있었는데, 유우 오빠 앞에서는 아이로 돌아가는구나.

"……."

어디까지 했을까.

구, 궁금해.

시험 전이라 집중해야 하는데 산만해져서 공부가 손에 안 잡힌다.

뇌의 리소스를 아사카와 유우 오빠에게 빼앗겼다.

이건 좋지 않다.

난 스마트폰을 꺼내서 가게 밖으로 나갔다.

10초 정도 만에 아사카가 전화를 받았다.

"미야?"

"아, 아사카?"

"무슨 일이야?"

"아니, 유우 오빠랑 이야기하고 있었는데, 그 왜, 유우 오빠 어제까지 그쪽에 있었으니까."

"우후후, 그렇지."

"오랜만에 아사카랑 만나서 기뻐 보였어."

"나도 기뻤어."

왠지 목소리와 말투가 부드러워 보인다. 평소엔 좀 더 똑 부러지는데.

"어, 어땠어? 10년 만에 본 유우 오빠는?"

"……엄청났어."

"어?"

엄청났어?

뭐, 뭐야, 그 의미심장한 표현은.

설마 내 상상 이상의 일을……?

헉!

그렇다, 둘은 이미 어른 남녀다.

한 쌍의 남녀, 해변의 별장, 이틀간. 만약 이게 연애소설의 세계였다면 아무 일도 일어나지 않을 리가 없다.

"갑자기 와서 엄청 놀라서."

"아아, 그런 뜻이구나. 아니, 어떤 걸 했나 싶어서. 그 왜, 우리도 어른이니까……."

"이상한 걱정 안 해도 괜찮아. 어릴 때랑 똑같이 같이 있었을 뿐이야."

"그, 그렇지."

"응, 아버지도 같이 있었으니까 세 명이서 즐겁게 지냈어."

"그렇구나."

그렇지.

내 핑크빛 상상은 기우로 끝난 것 같다.

다행이야 다행이야.

그리고 서로의 근황을 전하고 전화를 끝냈다.

"그럼, 아사카, 여름 방학에 보자."

"응, 바이바이."

"네~."

정말, 걱정해서 손해 봤어.

가게 안으로 돌아가 난 노트와 문제집을 펼쳤다. 스스로도 놀랄 정도로 공부가 잘됐다.

기말고사, 잘 될 것 같은 느낌이 들어.

10년 만에 재회한 건방진 꼬맹이는

청순미소녀 여고생으로

성장해 있었다

후기

1권에서는 10년이라는 시간의 흐름을 '갭'이라는 테마로 표현했습니다. 2권의 테마는 '추억'. 먼 과거의 즐거운 추억과 더는 그 추억으로 돌아갈 수 없는 현실.

아이로 돌아가 보고 싶다.

그건 누구나가 한 번은 상상하는 꿈이겠죠.

추억을 마음의 버팀목으로 삼고 있던 아사카는 그 아름다운 추억이 더러워지지 않도록 유우와의 재회를 거부합니다.

1권에서는 성장에 따른 미야의 갭을 묘사했습니다만, 아사카는 좋은 의미로도 나쁜 의미로도 성장하지 않았죠. 아니, 더 정확하게 말하자면 아사카는 성장을 거부하면서도 시간의 흐름은 거스르지 못해 현실에서 눈을 돌리려고 계속해서 뒤(과거)를 보고 살아왔습니다.

뒤를 보고 걸어도 앞(미래)은 보이지 않고 지향해야 하는 과거는 멀어져 가기만 할 뿐.

그런 뒤틀림이 아사카의 마음이 한층 더 추억에 집착하게 만든 것일지도 모릅니다.

그런 아사카는 유우와 재회하여 추억에 대한 의존이 유우에 대한 의존으로 그대로 싹 바뀌어버렸습니다.

극단에서 극단으로. 얀데레 히로인 탄생의 순간입니다.

뭐, 유우가 마음대로 해도 된다고 했으니까, 언질은 이미 받아버렸으니까. 어쩔 수 없지.

또한 아사카를 추억에 옭아매는 계기가 된 어머니의 말, 그리고 할아버지의 간호. 그건 어디까지나 초등학교 5학년이었던 어린 아사카의 인식이며 실제로 아사카의 어머니가 할아버지에 대해 그렇게 말한 건 사실이긴 하지만 거기에 이르기까지의 사정과 과정, 뉘앙스 등은 아직 이야기되지 않은 부분이 있습니다. 뭐, 언젠가 겐도지가의 그런 사정에 대해 쓸 기회가 있으면 쓰겠습니다.

그럼, 이번 권의 주인공과 메인 히로인들의 소개는 끝났습니다. 성장한 세 건방진 꼬맹이와 유우가 자아내는 러브코미디. 넷이서 보내는 여름 방학을 기대해주세요!

마지막으로 이 자리를 빌어 이 이야기를 책으로 만들어 세상에 내놓는 계기가 된 초대 편집 Y씨, 진심으로 감사의 마음을 담아서, 건방진 꼬맹이들을 찾아내주셔서 진심으로 감사합니다.

2023년 2월 모일 칸자이 유키

10NENBURI NI SAIKAISHITA KUSOGAKI WA SEIJUN BISHOJO NI SEICHOSHITEITA Vol.02

ⓒ2023 yuki kanzai
First published in Japan in 2023 by OVERLAP, Inc.
Korean translation rights reserved by Somy Media, Inc.
Under the license from OVERLAP, Inc., Tokyo JAPAN

10년 만에 재회한 건방진 꼬맹이는 청순 미소녀 여고생으로 성장해 있었다 2

2024년 9월 1일 1판 2쇄 발행

저   자 칸자이유키
일 러 스 트 히게네코
옮 긴 이 박정철
발 행 인 유재옥
총 괄 이 사 조병권
출판본부장 박광운
담 당 편 집 박치우
편 집 1 팀 박광운
편 집 2 팀 정영길 조찬희 박치우 정지원
편 집 3 팀 오준영 이소의 권진영
디자인랩팀 김보라
디지털사업팀 박상섭 김지연 윤희진
라이츠사업팀 김정미 맹미영 이윤서
영업마케팅팀 최원석 박수진 이다은
물 류 팀 허석용 백철기
경영지원팀 최정연
인쇄제작처 ㈜코리아피앤피
발 행 처 ㈜소미미디어
등   록 제2015-000008호
주   소 서울시 마포구 토정로222, 502호 (신수동, 한국출판콘텐츠센터)
판매 및 마케팅 (070) 8822-2301

ISBN 979-11-384-8148-9 04830
ISBN 979-11-384-8069-7 (세트)